PETER FLAMM

ICH?

ROMAN

Mit einem Nachwort
von Senthuran Varatharajah

S. FISCHER

Aus Verantwortung für die Umwelt hat sich der S. Fischer Verlag zu einer nachhaltigen Buchproduktion verpflichtet. Der bewusste Umgang mit unseren Ressourcen, der Schutz unseres Klimas und der Natur gehören zu unseren obersten Unternehmenszielen.

Gemeinsam mit unseren Partnern und Lieferanten setzen wir uns für eine klimaneutrale Buchproduktion ein, die den Erwerb von Klimazertifikaten zur Kompensation des CO_2-Ausstoßes einschließt.

Weitere Informationen finden Sie unter: www.klimaneutralerverlag.de

MIX
Papier aus verantwortungsvollen Quellen
FSC® C014496

Erschienen bei S. FISCHER

Dieser Roman erschien erstmals 1926 im S. Fischer Verlag.

Satz: Fotosatz Amann, Memmingen
Druck und Bindung: GGP Media GmbH, Pößneck
Printed in Germany
ISBN 978-3-10-397563-5

NICHT ICH, meine Herren Richter, ein Toter spricht aus meinem Mund. Nicht ich stehe hier, nicht mein Arm, der sich hebt, nicht mein Haar, das weiß geworden, nicht meine Tat, nicht meine Tat.

Sie können das nicht verstehn. Sie glauben, das muss doch ein Lebender sein, das ist doch ein Mensch, der da redet – oder ein Irrsinniger. Ich bin nicht irrsinnig, ich weiß nicht. Aber ich liege seit zehn Jahren in der Erde, meine Glieder sind verfault, meine Knochen graues Pulver, mein Atem – ich habe keinen Atem mehr. Es ist alles stumm. Es ist alles vorbei. Ich liege in der Erde, vor Verdun, oben sind die Trümmer von Douaumont, der Wind weht über verlassene Gräber, verlassene Erde, verlassene Tote. Fahren Sie hin, graben Sie in den Sand, hacken Sie links in den großen Granattrichter, es steht Wasser darin, vielleicht weicher Schlamm. Fürchten Sie sich nicht: Es ist kein Krieg mehr, keine Granate kommt und spritzt Sie in Stücke, kein Schrei gellt mehr, keine Glieder fliegen durch die Luft, kein Blut, keine zerfetzten Leiber. Es ist still. Alles. Endgültig. Da nun bücken Sie sich. Da tun Sie das bisschen Erde fort. Und dann finden Sie – mich. Ja, Knochen und Schädel und Staub und meinen Namen, der nicht mein Name ist und doch ist, mein Schicksal, das nicht mir gehört, sondern einem andern, und nun über mich gekommen, erstickend als mein eignes.

Wie soll ich das erzählen mit einer Zunge, die nicht meine, in einem Mund, der nicht meiner? Wie sollen Sie mir glauben, der ich mir selber nicht glauben kann? Aber es war so, es geschah so, es war Wirklichkeit, es war ein Tag wie andere, nein, nicht wie andere, denn der Leutnant Basch hatte uns gesagt, es sei Revolution, in München und Berlin Revolution, der Krieg sei aus, nach vier Jahren aus, keine Granaten mehr, kein Tod, kein Schlamm, kein Zwang, kein Gesetz, kein Eisen und Druck: Es löse sich alles auf, alles fällt auseinander, eine neue Zeit, ein neues Leben.

Ich war betrunken, wir waren alle betrunken; etwas sang in mir und rauschte hoch, ich stieg aus dem Graben, meine Sinne taumelten, das konnte doch nun nicht alles zu Ende sein plötzlich, wir haben ja doch so lange darauf gewartet, bis wir nicht mehr an ein Ende glaubten. Nun war ein neues Tor, ein neues Leben, man sollte nicht mehr im Dreck liegen, man sollte wieder in einem Zimmer auf weißem Laken sein, man sollte eine Zukunft haben. Eine Zukunft? Man würde arbeiten, ganz wieder von vorn anfangen müssen, wo sind die weißen Laken, man wird wieder vorn im Dreck sitzen, während die Generale hinten, immer sind da diese Generale hinten, diese Reichen, die in Autos fahren, die den Ruhm haben, Fressen und Weiber, während die andern verrecken, während man selbst –

Ich kletterte heraus aus dem Unterstand, fiel über

Hügel und Löcher, stolperte über Leichen und Stämme, es war eine kalte Nacht, der Mond schien, aus dem Unterstand duselte Musik, in meinem Blut brannte Fieber, ich war müde zum Umsinken, und doch trieb mich Unruhe, trieb und trieb – plötzlich lag etwas vor mir, eine dunkle Masse, fast wäre ich drübergefallen. Ich wollte vorbeigehn, zurück zum Unterstand, warum ging ich überhaupt hier herum, statt mit den Kameraden zu sein, mit ihnen zu singen, zu feiern, was zog mich hierher mitten in der Nacht, allein zwischen zerbrochenen Wagen und gestürzten Mauern, allein zwischen – Toten? Ja, es war ein Toter, ich wusste es ja, er war gestern Patrouille gegangen, vierundzwanzig Stunden vor dem Ende, der Krieg war aus, und er war einen Tag zuvor gefallen, auch die letzte Kugel traf eine Mutter, hatte man nicht einen Tag früher aufhören können, es ist lächerlich, nun war er tot, lag da, der Herr Doktor, ein »Gebildeter«, was hatte er nun davon, war ja doch nur Feldwebel wie ich, Leutnant wenn schon – nun war er tot, und ich – –. Meine Hand griff an seinem Leib herab, ich wollte nicht, es geschah ganz von selbst, ganz von selbst war ich hierhergegangen, hatte ich es gewollt, gewusst? Ganz von selbst. Wie? Meine Hand tastete zitternd über den Körper, über Schmutz, über klebriges Blut, ich drehte meine Taschenlampe an, gespenstisch griff der kleine stumpfe Lichtkreis durch die Schatten; da starrten zwei Augen zu mir hoch, tote, leere Augen blinzelnd zwischen herabgefallenen Lidern, ich fuhr zurück, meine Hand zitterte, nickte nicht der Kopf, war nicht ein verschmitztes Lächeln auf den kalten, blauen

Lippen? Ich wusste nichts mehr, wieder im Unterstand, griff ich nach meiner Brust, das Herz pochte wie rasend, aber über dem Klopfen fühlte ich in einer seltsam glücklichen Erregung das kleine graue Heft, den Pass, den ich dem Toten abgenommen, seinen Pass, seinen Namen – und sein Schicksal.

Damals wusste ich das nicht. Es fragte einen ja keiner, Revolution hurra, wer fragt nach einem Papier, wer kontrolliert denn das, wer kennt denn einen Namen? Wir sind alle Menschen, wir sind alle Brüder, und der andere war ja tot, das konnte ihm ja gleich sein, verfault im Schlamm, mit blinzelnden Augen, Knochen und Staub, pfui Teufel!

Ich saß in der Bahn, im Schnellzug, erster Klasse natürlich, wie leicht man sich da hineinfindet, wie seltsam auch, dass alle Erregung weg war, ganz selbstverständlich alles. Hatte ich am Ofenloch gestanden früher, mitten in der Nacht herausmüssen aus dem Bett? Und der Teig war aufgegangen und hart, und aus dem Loch stach die Glut mitten ins Gesicht und versengte einem die Haut, und wie der kleine Hennings sich die Schürze verbrannte und die eine Hand und so schrie – Unsinn, Unsinn, das war ich ja nicht, das bin ich ja nicht, ich fuhr ja hier, ein feingebildeter Herr, ein reicher Herr in roten Polstern, erster Klasse, die andern können einem ja leid tun, in der vierten Klasse zusammengepfercht wie Tiere, wie Vieh, nicht mal sitzen können sie und sind doch so müde, und die Knie zittern, aber sie müssen stehn, alle, auch der kleine, schmale Dragoner, das blasse Gesicht unter dem schwarzen Scheitel, der mich vorher immer so angestarrt mit solch schmerzhaften Blicken, bis er umgefallen, plötzlich ganz weiß im Gesicht. Oder habe ich das nur geträumt oder einmal auf einem Bild gesehen, und das ist Erinnerung von etwas, das ist – oder nicht ist?

»Wenn Sie nach Berlin kommen«, sagt die dicke Glatze auf dem Polster gegenüber, »Revolution, wer hätte das gedacht! Sie fahren doch nach Berlin?«

»Geht der Zug nach Berlin? So? Ja. Ich wollte zwar eigentlich – –. Natürlich fahre ich nach Berlin.«

Natürlich? Ja, warum bin ich gefahren? Ich wollte ja gar nicht, aber es zog mich hin. Ich glaubte freiwillig, aber wie konnte ich dann vergessen, dass meine Mutter, meine Schwester in Frankfurt, wie? Ein Jahr nicht mehr gesehn, ganz gleich, und nun nach Berlin? Natürlich Berlin. Es war gar nicht schwer, es war gar keine Frage. Ich lächelte, ich musste immer lächeln, aber trotzdem lag etwas Dunkles auf meiner Seele, ein seltsamer Schatten, wollte nicht weichen, schwer und erstickend.

Draußen auf dem Gang lehnte ein Mann gegen das Fenster und blickte auf die vorbeifliehende Landschaft. Ich konnte sein Gesicht nicht sehen, aber sein schmaler Rücken, die schiefe, links etwas höher als rechts gezogene Schulter, die eigentümlich gespannte Haltung des Halses, all das kam mir bekannt vor, etwas stieg auf in mir, eine seltsame Erregung, ein Hass ohnegleichen, ein fast körperliches Übelsein. Ich konnte den Blick nicht abwenden. War ich hypnotisiert? Ich fuhr hier in der ersten Klasse und kannte doch niemanden! Warum sollte ich einen fremden Menschen hassen, einen Hals, einen

Rücken, mit solchem Hass, ohne Sinn, ohne Grund? Was ging das mich an?

Jetzt wandte sich der Rücken um, der Hals bekam schräge Falten, nun kam der Kopf ins Profil: Ein fremder Mensch. Und doch, ich kannte ihn, doch brach alles Blut hoch in die Stirn, doch war da etwas Dunkles, das mir Angst machte, es war wie ein Schlag auf den Kopf, meine Gedanken verwirrten sich, ich wollte aufstehn, mich wegwenden: Da hatte jener mich bemerkt, mit einem Ruck drehte sich der Körper ganz zu mir, ein paar Augen wurden hart und wild, dass das Weiße herauszutreten schien, die Nasenflügel begannen zu beben, die Hand sich zur Faust zu ballen, einen Augenblick schien es, als wolle die Faust sich heben, hineinschlagen in die schmale, dünne Scheibe, die unser beider Gesicht trennte – dann mit einem Ruck ließ er sie fallen, wandte sich verächtlich und verschwand mit kurzer, zuckender Bewegung.

Ich saß wie betäubt. Was war das? Hatte ich das geträumt? Halluzinierte ich? Der Krieg hatte wohl auf meine Nerven gewirkt, kein Wunder, es würde wohl vorübergehn. Wenn ich erst Ruhe hätte, wieder an der Arbeit wäre –. Mit der Hand wischte ich mir über die Stirn: Seltsam, wie weiß meine Hand war, ganz schmal und durchsichtig, schmale blaue Adern wie durch Wachs sich schlängelnd, als wäre es gar nicht die meine, als wäre –

»Seltsam«, ging es mir durch den Kopf, »was bin ich für ein Mensch, was bin ich denn, was hier sitzt, und was habe ich für seltsame Hände!«

Der Zug fuhr in die Halle. Ich war noch nie in Berlin gewesen, aber ich wusste, das war Berlin, ich war gar nicht erstaunt. Ich ging den Perron entlang, die Bahnhofstreppe herab, links die Königgrätzer Straße herunter zum Potsdamer Platz. In der Bellevuestraße kam ein Mann auf mich zu, wollte vorbei, erschrak, blieb stehn, grüßte, etwas blitzte auf in seinen Augen, dann packte eine glückliche Hand stürmisch meinen Arm:

»Mensch, du, Doktor, du bist da, du lebst? Was wird Grete sagen? Ein Gerücht, dir sei etwas passiert – du hast ihr natürlich telegrafiert? Ich war noch gestern bei ihr, deine Mutter war auch gerade da. Sie waren sehr beunruhigt alle. Und dein letzter Brief war so seltsam, Todesahnungen, mein Gott, man soll so etwas nicht schreiben, und dann das Gerücht, nun bist du da, welche Freude, ich begleite dich ein Stück, wenn du willst, natürlich, komm, ein Auto, wie kannst du nur so langsam gehn, und war denn niemand auf der Bahn?«

Ich saß im Auto, ein fremder Mann neben mir fuhr mich zu einem Ziel, das ich nicht wusste. Ich konnte nichts denken, ich war über nichts verwundert, es ging alles von selber, ich glitt auf einem Strom, auf kühler, silberner Fläche, es war Krieg gewesen, und nun ist Frieden, ich bin in der Masse gelaufen, und nun kommt einer und fährt mich im Auto. Ist das nicht natürlich? Es ist alles natürlich. Einmal trifft das Glück jeden, man muss es nur greifen, und das Wunder bleibt nur so lange, bis es Wirklichkeit ist.

Der Wagen bog in die Straße, hielt. Das Surren des Motors stoppte plötzlich ab, eine seltsame Stille lag über meinem Gehirn, mechanisch stieg ich aus, sah gedankenlos zu, wie jener zahlte, sah das Haus hinauf, die Reihe der Fenster, ein einzelnes – plötzlich setzte mein Herz aus, der Boden schien zu wanken, vor meinen Augen begann es sich zu drehn, grüne und goldene Kreise: Aber immer war ihr Bild darin, wie sie oben am Fenster stand, wer?, eine Frau, ein Mädchenkopf, leuchtendes goldbraunes Tizianhaar über einem erbleichenden Gesicht, einem Gesicht voll Süße, Angst, Schmerz, Sehnsucht und solcher Liebe – wem das galt, wem diese Frau, diese Liebe zu eigen, wer sie besaß: Ein Leben würde ich geben, nein, ich will nicht fort, warum schiebt er mich denn zur Tür, ich will hierbleiben und stehn und immer hinaufschauen – – die Treppe, was soll ich denn, wohin soll ich denn, was hämmert denn mein Herz?

Mein Gott, eine Tür ging auf, es war in der zweiten Etage, es waren zweiundsechzig Stufen, warum habe ich das gezählt, ganz sinnlos gezählt, die Tür sprang auf, sie war schon offen, eine alte Frau stand da mit einem weißen Häubchen und zitternden Händen, und dann, aus dem engen Gang, im Windzug, im weißen flatternden Licht – stand plötzlich das Mädchen, vom Fenster die Frau, stand bleich und lächelte, mit einem kleinen, kranken, demütigen Lächeln, einem kleinen blassen zuckenden Mund, die leuchtenden Augen blau und ganz strahlend in die meinen, bis ein Zittern durch die schlanken Glieder ging, die Augen hinter den langen dunklen Wimpern versanken und der plötzlich wächsern gewordene Leib zu schwanken begann. Sie wäre gefallen, mit einem Sprung war ich neben ihr, sie lag in meinen

Armen, leise bewegten sich die erblassten Lippen, der warme Atem wehte mir ins Gesicht, zitternd hielt ich den warmen Leib umfasst, da hob sie wie im Traum die schmale Hand, tastete fassungslos wie suchend über mein Haar, langsam hoben sich die Wimpern, ein blauer Strahl von unsäglicher Zärtlichkeit glänzte aus ihren Augen, und während Träne auf Träne unaufhaltsam über die Wange tropfte, öffneten sich die Lippen feucht und weich zu unlöslichem Kuss.

Wie lange standen wir? Ich war fühllos gegen die Zeit, fühllos gegen die Welt, merkte nur, etwas zog mich am Bein, kam immer wieder, sprang an und wieder zurück, während etwas Heißes herabbrannte, ein heißer, tauber, durchdringender Schmerz. Ich hätte es auch jetzt nicht gemerkt, aber da war ihr Schrei und ihr entsetztes Gesicht, die Röte war wieder auf ihrer Stirn, ihre Hände waren plötzlich nicht mehr über mir, ihre weit aufgerissenen Augen schauten jetzt seitwärts, mir war, als drohte mir eine furchtbare Gefahr, als müsste ich mich mit aller Kraft auf mich selbst besinnen, aufwachen, mich wehren, aber ich war in solcher Verwirrung, der Duft aus ihrem Haar, von ihrer Haut betäubte mich, ich sah nur immer ihr Gesicht, es war ja kein Mensch, ich war ja selber gar nicht hier, es war alles Traum, ein Glück wie in der Luft, das gab es, man durfte nicht aufwachen, man musste sehr leise sein – was schrie denn da, warum gingen die Lippen weg, hatten mich doch berührt, hatten mich doch geküsst, was zuckt es denn nun, warum verzerrt sich dies Gesicht, was bricht denn herein, was reißt an mir?!

Zwei Hundeaugen sprühen grüne Flammen, ein schwarzer zottiger Leib, wilder, zottiger Kopf, weiße blanke Zähne, verbissen, verhakt in mein Fleisch, und Blut strömt, mein Blut, rieselt heiß und klebrig zum Fuß, den Strumpf herunter, da ist ein kleiner, dunkler Fleck auf dem Teppich, eine seltsam rote Masse, der Mann an der Tür schreit, seine breite Hand krallt in dem Fell des Tieres, er reißt es zurück, wieder stürzt es vor, er tritt ihm mit dem Fuß in die Schnauze, endlich lässt es los, die Lefzen fliegen, die rote Zunge hängt blutend und kraftlos heraus, scheu kriecht es an die Wand, knurrend, lässt mich nicht aus den Augen, nicht aus den Augen –

»Wie können Sie nur, Frau Grete«, sagt die keuchende Stimme des Mannes, »ein schöner Empfang! Das Vieh ist ja wahnsinnig, es hätte ihn ja zerreißen können. Vielleicht ist es tollwütig. Warum wehren Sie sich auch gar nicht? Sehn Sie nur, wie ihm der Geifer von der Schnauze fliegt, wie es herüberblickt, zu Ihnen hinstarrt, wie – ein Mensch.«

»Das war ja noch nie, noch nie«, bebt sie fassungslos, und plötzlich: »Hans, Hans, du bist da, du bist plötzlich da, mein Gott, ich verliere den Verstand, das Tier ist verrückt, es hat dich gebissen, warum hat es dich nur gebissen, so stehn Sie doch nicht da, holen Sie doch einen Arzt, es blutet ja.«

»Nicht schlimm, lassen Sie nur«, sagt der, »ein wenig Gaze, ein Pflaster, Sie haben doch im Haus –«

»Natürlich.« Und läuft und wieder zurück, und die Hose ist hochgekrempelt und die Wunde verbunden, sie ziehn mir, ohne zu fragen, den Mantel aus, warum sollen sie auch fragen, gehöre ich nicht ins Haus, ist es nicht mein Haus, mein Zimmer, meine Wohnung, meine – Frau?! Meine Frau! Dieses Mädchen, diese Hände, Lippen, Haar, diese Augen – meine Frau!! Das ist ja alles Wahnsinn, was geschieht denn da, das darf doch nicht sein. Wer ist denn das? Ich bin doch bei fremden Menschen. Ich kenne doch niemanden. Wer ist sie denn? Wie heißt sie denn? Wofür halten mich diese Menschen? Das ist ein Irrtum. Wer bin ich denn, wer bin ich denn?

»Du musst dich jetzt hinlegen«, sagt sie da, und ihre Stimme legt sich wie ein Strahl durch alles dunkle Gewölk. »Du sollst nicht nachdenken, nichts erzählen, erst einmal schlafen. Es hat ja alles Zeit. Der Krieg ist aus, und du bist bei mir. Nun ist alles gut, nicht? Ach, Hans –«

Was soll ich ihr sagen? Ich weiß ja gar nicht, ich verstehe das ja selber nicht. Es ist alles so viel auf einmal. Ich habe irgend etwas getan, aber ich weiß nicht mehr, was. Und ich bin müde. Ich will schlafen. Es ist alles gut, nicht? Alles gut.

Ich liege auf dem Diwan. Das Bein schmerzt. Ich habe die Augen geschlossen. Wenn ich blinzle, ist drüben das Tier, liegt kauernd in der Ecke, knurrt vor sich hin, mit gehobener Schnauze die Luft einsaugend, den Blick zu mir hinüber. Ich möchte schlafen, aber eine Unruhe treibt mich, hinter der Stirn hämmert es dumpf, ich bin sehr allein. Mein Gehirn ist in einem wundersamen Zustand. Ich zähle sinnlos die gelben und schwarzen Würfel auf der Tapete zusammen, die schwarzen dann gesondert, es sind hundertsechsunddreißig, ich fühle, wie mein Körper auf dem Diwan liegt, ich sitze selbst in meinem Körper und fühle ihn liegen, die Hände auf der Decke, das Gesäß auf dem weichen Stoff, das Gehirn schwimmt im Schädel, durch die Muskeln ziehn weiße Nerven und braune Adern. Wer bin ich? Wer bin ich?

Meine Hand gleitet über die Brust, streicht mechanisch wie streichelnd hin und her. Etwas knistert. In der Tasche links, in der linken Brust buckelt sich etwas vor, fühlt sich etwas pelzig. Plötzlich, bei dieser Berührung, beginnt mein Herz zu hämmern, plötzlich springt eine Feder auf im Hirn, öffnet sich durch die Mauer ein steiler Riss: der Pass!

Wie kann man das vergessen? Wo war ich denn? Welch ein Nebel, welch gespenstisches Zwielicht! Hier in der Tasche der Pass eines fremden Menschen. Gestohlen: Was macht das. Ein wehrloser Leichnam: Was schadet es ihm. Er wird nicht ärmer davon und ich dafür reicher. Was ist ein Name! Habe ich nicht genug gelitten unter dem meinen? »Bettuch, Wilhelm Bettuch?« Ist das ein Name? Name eines Menschen? Bettuch? In der Schule, in der Pause standen sie um mich, zogen mich an der Hose, an der Jacke, am Hemd. Bettuch, Tüchlein! Deck dich mit dir selber zu! Hast du gut geschlafen? Wedel mal! Komm, wir klopfen dich aus! Du bist ja ganz schmutzig! Stecken dich in die Tasche! Zipfelchen, Bettzipfelchen!

Bettuch! Was für ein Vater, was für ein Ahnherr, der das ruhig getragen! Sich wund gerieben daran und nicht aufgeschrien! Nicht abgeworfen das Joch! Ein Mensch hat einen Namen, kann nichts dafür, »wie heißen Sie?« – »Bettuch.« Er lächelt. Wer? Alle. Die Menschen. Die

Welt. Ziehn die Lippen krumm und lächeln. Wie kann man solch einen Menschen ernst nehmen? Ihm Vertrauen geben, ein Amt, Arbeit und Stellung? Wäre ich nicht längst Meister? Hat mich einer angenommen zur Lehre? Natürlich. Aber der andere, der weniger gekonnt, immer hat der weniger gekonnt, und ich musste doch zurückstehn. Immer zurückstehn. Im Tanzsaal die blonde Liesel: schaute mich an mit blauen Augen, beim Walzer ist ihr Hals ganz weich zu mir gebogen, die kleinen Löckchen streicheln verliebt und zutraulich gegen meine rechte Backe, ich bringe sie heiß und atemlos zum Platz, da ist die Mutter, »Bettuch«, sage ich und mache eine Verbeugung, »Wilhelm Bettuch!« Da wird die Liesel rot, die kleinen dunklen Lippen kneifen sich zusammen, in der Kehle sitzt ihr ein Kichern, immer dies Kichern, es ist überall, es mordet alles, was eben noch glänzt, wird stumpf, was sich in Wärme neigen will, erfriert, zieht sich zurück, und ich stehe allein.

Ein Name, ein Wort: Was hat das mit mir zu tun? Was ist ein Mensch und sein Name? Wie kann man einem Menschen überhaupt einen Namen geben wie einem Ding, einem Leben, das sich verändert, das immer anders ist? Er, der frei, nun von Geburt an im Netz, abgestempelt, gezeichnet! Immer geduckt, was nützt alle Kraft, immer gezähmt, was nützt Wildheit, Mut und Arbeit: Nun bin ich herausgeschlüpft, nun bin ich ein anderer, ich habe einen anderen Namen, ich bin ein anderer Mensch, das geht so einfach, man braucht nur das Kleid zu wechseln, Namen machen Leute, und nun bin ich der Doktor, Doktor Hans Stern, ja, ich bin das, ich,

ich bin ein gebildeter Mensch, ich bin reich, alle Sorge hat ein Ende, was ist ein Leichnam, ich habe mir sein Glück genommen!

Drüben aus seinem Winkel ist der Hund aufgestanden, schleicht lauernd im Zimmer umher, hält den Kopf schief, seine Augen leuchten grün. Immer wenn er einmal im Zimmer herum, bleibt er stehen, unten am Fußende des Diwans, richtet sich hoch, sieht mich an, legt die Tatzen auf den schweren Teppich, duckt den Kopf darauf und beginnt zu winseln, ein langes quälendes Heulen.

Was ist mit dem Vieh? Alle sind gut zu mir, alle lieben mich, fremde Menschen setzen mich in ein Auto, fremde Arme legen sich um meinen Nacken, fremde Hände streichen zitternd über mein Gesicht. Nur dies Tier ist böse, hasst mich, reißt mir das Fleisch vom Bein, dass es blutet, glüht mich an, wild und gereizt, ein dumpfer, lauernder Feind.

Man muss ihn zu gewinnen suchen, es ist ein gutes Tier. Er ist sonst immer gut, warum jetzt nicht? Man muss lieb zu ihm sein, ihn streicheln: Komm, Nero! Woher weiß ich den Namen? Nero? Ja, er kommt, ja, er horcht auf, die Buschen über seinen Brauen beginnen seltsam zu zucken, der Kopf hebt sich, der Schwanz wedelt, quirlt, peitscht in die Runde, plötzlich springt er auf den Diwan, erschrocken will ich hoch, da ist sein Kopf neben meinem, die weiche, feuchte Schnauze neben meiner Wange, und nun die Zunge über die Ohren, über Wangen, Kinn und Hände. Das Tier ist außer sich, weiß sich nicht mehr zu lassen, sein Winseln wird zum

Bellen, rau und heftig stößt die Stimme in die Luft, er springt vom Diwan hoch und wieder zurück, dreht sich wie unsinnig um sich selbst, wälzt sich am Boden, läuft zum Tisch, zum Schrank, zum Fenster, der ganze Körper zittert, da ist er wieder neben mir, saugt die Luft ein, schnuppert an meinem Schuh, die Hose herauf, am Verband, das Bellen hört auf, wieder nun ein klägliches, entsetzliches Winseln, er liegt platt auf der Erde, am Boden, auf kalter, trostloser Diele. Keuchend hängt ihm die Zunge heraus, die Nasenlöcher sind dunkelrot, Schaum steht vor der Schnauze. »Nero«, rufe ich mit einer ganz fremden Stimme, springe mit einem Satz vom Diwan hoch, neben ihn, um ihn zu streicheln, die Hand in sein Fell zu legen, den Kopf warm neben seinen – da bleibt die Bewegung in der Luft stehen, ich sehe den Hund im Spiegel, ich sehe die Gegenstände im Zimmer, den Stuhl vor dem Tisch, die Bücher darauf, den Aschenbecher, die Lampe, ich sehe das Tier am Boden – und einen fremden Menschen daneben, dunkles Haar über der Stirn, den Kopf über dem Fell des Tieres, die Hand –, erstarrt blicke ich auf, auch jener hebt sein Gesicht, zwei Augen starren zu mir herüber, entsetzt lasse ich das Tier los, auch jener – was ist das, ich fühle einen Schwindel, auch jener erbleicht, taumelt mit mir hoch, springt zum Spiegel, ich drehe mich suchend um, auch jener –: Niemand, es ist niemand im Zimmer außer mir, ich bin ganz allein, nur das Bild im Spiegel, und das – bin ich, ich selbst, es kann nicht anders sein, ich bin ganz allein, ich bin einsam, grauenhaft allein, ich taste meinen Körper entlang, Arme, Gesicht, eine Hand streift über die andere: Ich, ich, ich, ein anderer ist ich, ich bin der andere, der Tote, der nun lebt, Gesicht, Körper ein anderer, Muskeln, Fleisch, Därme, Gehirn und Seele. Nicht ich? Nicht mehr mein? Ich selbst nicht mehr ich? Was hier aus meinen Augen schaut, was meine Hände tasten, meine Gedanken, meine eigenen Gedanken – nicht mehr die meinen?!

Ein atemloses Entsetzen hält mich gepackt, ich versuche zu denken, wie erfroren ist alles, eisige Stille hinter der Stirn, aus dem Spiegel starrt ein angstvolles, marmorbleiches Gesicht. Plötzlich zuckt etwas auf, eine brennende Röte pulst hoch, wieder tastet die Hand wie vorhin mechanisch über die Brusttasche, nun ist alles klar: Der Pass, der Name des andern, der Name hat das andere nachgezogen, ist mystisch verknüpft damit, unlösbar Gesicht und Name, und nun bin ich der andere und muss seinen Tod zu Ende leben, sein Leben, während er draußen liegt unter der Erde im Schlamm, und gehe ein in sein Leben wie in einen Rahmen, aber ich weiß alles, ich stehe wie ein Zuschauer dahinter, ich bin trotzdem ich selbst und schaue mir zu, der ich der andere bin und doch ich, ein Mensch hinter seinem Bilde.

Eine Ruhe ist nun über mir, eine seltsame Stille. Es ist alles leer, ich habe keine Furcht mehr, es war vielleicht zu viel, ich bin müde, man kann nicht über ein Maß hinaus, ein Augenblick ist nie ganz zu fassen, man weiß alles nur aus der Vergangenheit, das ist gut so, die Seele würde sonst zerbrechen. Ein Schutz, ein Wall gegen einen selbst, gegen Irrsinn, Überwältigung und Wahn, es ist ja alles gut, alle Vergangenheit ausgelöscht, kein Krieg mehr, keine Arbeit, ich weiß gar nicht mehr, wie das früher war, es ist ja wohl auch gleich, ich bin ein neuer Mensch, ein neues Leben beginnt, neue Zukunft. Jetzt, jetzt das Glück, jetzt, wenn ich durch die Tür gehe, dahinter ist das Glück, dahinter –

Die Tür geht auf, langsam, vorsichtig, ein schmaler Spalt, ein Kopf zwängt sich hindurch, rostbraunes Haar glänzt in der Sonne, eine weiße Hand liegt auf der Klinke, große blaue ängstliche Augen lauschen herüber: Da ist sie neben mir, ihr Atem haucht in mein Gesicht – nein, nein, nein:

»Was hast du denn, wie siehst du mich seltsam an, warum weichst du zurück?«

»Nichts, ach, es bedeutet nichts, ich erschrak nur, ich bin das nur alles noch nicht gewohnt, dass jetzt – du da bist, ich war so lange allein im Graben, da waren nur Männer, immer Granaten, immer Lärm, immer Kommando und Bereitsein zum Tod und nun plötzlich – ist jemand neben mir, eine Frau, so schön –«

»Töricht Herz, ich werde ja rot«, und hält mir die Augen zu.

Soll ich es ihr sagen? Muss ich es ihr nicht sagen?

»Sieh doch nur, wie ich aussehe, mein Haar, mein Gesicht, das ist ja alles –«

Da geht es nicht weiter, sie hat mich im Arm, sie hängt an mir, ich bin ganz schwach, ich kann doch nichts dafür, dass ich schwach bin, dass ich sie liebe, ja, damals schon, sofort, ich sah ihr Gesicht und liebte sie und hatte keine Kraft, ihr zu sagen, dass ich es ja gar nicht war, dass sie einen anderen meinte mit ihren Küssen, einen andern liebte, einen andern, einen andern!

»Nun komm herein, du hast lange genug geschlafen, die Sonne ist bald unter, der Tisch ist gedeckt, so lange schon, es wird alles kalt geworden sein, und Mutter wartet, Mutter ist auch drin, ich habe es nicht ausgehalten und ihr gesagt, dass du da bist, sonst niemandem, du sollst erst einmal Ruhe haben heute, morgen ist es etwas anderes, da werden sich wohl deine Freunde nicht mehr zurückhalten lassen, Bobby hat schon dreimal seinen Diener geschickt, das war lieb, dass er dich gleich im Auto hergebracht, von Bussy Sandor ist ein großer Fliederstrauß da mit einem rosa Briefchen, ich rede alles durcheinander, du musst nicht böse sein, und denk nur, Sven Borges ist auch eben von der Reise heim, ich habe ihn die ganze Zeit nicht gesehen, er hat nur einmal Urlaub gehabt und wurde sehr zudringlich, ich erzähle dir das später, und nun, während du da drinnen liegst, vor einer halben Stunde geht das Telefon, seltsam, nicht? Er muss mit dem gleichen Zug gekommen sein wie du.«

Der Rücken, die schiefe Schulter, ist er das? Es muss derselbe sein wie in der Bahn. Wieder ist das Dunkel da, Sven Borges, wieder fühle ich eine Glasscheibe vor meinen Augen, man sollte sie zerschlagen, aber man kann nicht hindurch, kann nicht hindurch –

Es geht schon weiter, man hat gar keine Zeit zum Nachdenken, es ist wie ein Bilderbuch, immer eine neue Seite, immer eine neue Überraschung, und ist doch mein eigenes Leben: Da bin ich nun im Nebenzimmer, ein Tisch ist gedeckt mit feinem weißen Damast, Kristallgläser stehen, grüne und rote Kelche, Blumen liegen dazwischen, kleine violette Veilchen, in der Mitte eine große hohe Vase voll offener leuchtender Rosen, rechts und links zwei Kandelaber mit neun weißen Kerzen, es ist so feierlich, sie hat mich an der Hand wie ein Kind, so war das immer, wenn ich Geburtstag hatte, Mutter führte mich herein an der Hand, Überraschungen, Geschenke: Da steht eine alte gebückte Frau, ihr spärliches weißes Haar steht wirr um die alte, zermorschte Stirn, die schmalen, zusammengekniffenen Lippen zucken, ihre grauen, stillen Augen hinter der goldenen Brille blicken unverwandt ganz groß und staunend auf mich, nun stößt sie hart den Stock auf den Boden, kommt Schritt um Schritt auf mich zu, die Brille rutscht ihr von der spitzen Nase, der Stock fällt klappernd auf die Erde, die kleinen, vertrockneten Arme schlingen sich um meinen Hals, während der kleine greise Leib sich zusammenzieht in Schluchzen und Glück.

»Mutter –«

Mir kommen Tränen ins Auge, ich weiß nicht warum. Das ist meine Mutter. Eine Sehnsucht fasst mich, ein namenloses Weh, ich möchte ihr zu Füßen fallen, aber irgendetwas hält mich zurück, sitzt ganz schwer und trocken mir in der Kehle, dumpf und erstickend.

Nun sitzen wir an der Tafel, die Lichter flackern, es wird wenig gesprochen, die alte Dienerin trägt die Speisen, es ist weißes Porzellan, dünnes, durchsichtiges mit einem roten Drachenmuster, drüben rechts an der Wand hängt ein Bild, es muss Grete sein und ein junger Mensch daneben in Uniform; sie muss meinen Blick bemerkt haben, auch ihre Augen gehen hinüber, ein Lächeln ist auf ihrem Gesicht, sie hat ihre Hand auf meiner, zieht sie nun schelmisch zurück und sagt, den Kopf zurückwerfend:

»Eigentlich siehst du ja so in Zivil etwas schäbig aus. Weißt du noch, wie wir uns damals zum ersten Mal fotografieren ließen, Vater und Mutter wussten nichts von unserer Verlobung, ich war so stolz auf deine Uniform. Du dientest gerade, bis es so weit war mit deiner Anstellung und der offiziellen Mitteilung, hättest du sie wieder ausziehen müssen, da gingen wir hin, dein Schnurrbart, die schwarzen Borsten hast du noch vorher hochgekämmt, gottlob ist er weg, ist der Krieg zu etwas gut, das kitzelt ja zu dumm, und du sahst aus wie eine Postkartenschönheit, ich war ein dummes Mädel, mir gefiel das damals, schau nur –«, und springt auf und mit dem Bild in der Hand wieder zurück, mit einem ganz hellen Lachen: »Was du damals für runde Augen gemacht hast, wie ein Marzipanprinz, und die silbernen Litzen, wie die eine abriss, als wir uns an dem Abend so rasch trennen mussten, und du wolltest noch einen Kuss und bliebst an der Stuhllehne hängen, und ich nähte sie dir in aller Aufregung zusammen, und der Feldwebel hat es doch gemerkt und gefragt, aber du hast nichts verraten und lieber den Arrest auf dich genommen, nein, du, ein standhafter Zinnsoldat, den Namen wurdest du nun nicht mehr los, mein kleiner Zinnsoldat, und ist nun ein großer geworden und hat genug davon, und ich habe auch genug, trotz des Zivils, es ist besser so, wahrhaftig.«

Sie ist ernst geworden und nachdenklich, ihre feinen schmalen Finger spielen mit der silbernen Messerbank, ich wende mich halb, ihr Gesicht ist im Profil, der weiße

Nacken über das Bild gebeugt, eine weiche rührende Linie, plötzlich ist all ihre Heiterkeit weg, und mit einem wehen, seltsam müden und vergrämten Zug um die Lippen flüstert sie:

»Ein Teil des Lebens ist weg, der Krieg hat ihn uns genommen, uns um unser Leben betrogen, wo ist es nun? Wenn man verheiratet ist, muss man doch ein Leben zusammen führen, was hat es denn sonst für einen Sinn! Wie oft habe ich hier gesessen, mich gesehnt und gedacht, was machst du jetzt draußen, bist du im Graben, sprichst vielleicht mit Kameraden, trinkst, hast vielleicht mein Bild in der Hand und erzählst den andern, bist mit deinen Gedanken hier im Zimmer oder auch ganz woanders, bei dem Feind drüben, studierst seine Stellung, oder ein Hauptmann ist da, oder es beginnt gerade ein Angriff, und ich sitze hier und kann mich nicht rühren, es geschieht alles ohne mich, während ich hier ohnmächtig und wie blind bin, die Kugeln fliegen, rechts und links spritzt Blut, fliegen Arme und Beine, dem hängen die Därme heraus und dem das Hirn, eben hast du noch mit ihnen gesprochen, es ist grauenhaft, hier allein zu sitzen und die Mutter immer stumm und kein Wort, manchmal habe ich gedacht, habe ich ja gar nicht mehr gewusst, ob du überhaupt noch lebst, ob du nicht vielleicht schon in der Erde, längst eine unkenntliche Masse, dann habe ich plötzlich das Gefühl, ich bin mit einem Toten vermählt und weiß es nicht einmal, dann hätte ich schreien mögen, mein eigenes Leben, dass man so dasitzt, der Körper, der auf dem Stuhl sitzt, dann ist es zu Ende, es ist solch eine grauenhafte Kälte, die in einem hochsteigt, wie ein kaltes Fieber, ich habe manchmal stundenlang gesessen und konnte nicht aufstehen, nachts im Bett fand ich keinen Schlaf, ich sah dich neben mir liegen, auf weißem Laken, deine Stirn war ganz weiß, es war ein halber Traum, halber Wahnsinn, Blut war in einem Haar, und die Zeit lag wie eine Puppe darüber, ja, die Zeit, die, die ich lebte, die du lebtest, eine Puppe seltsam starr, mitten mir auf der Brust, mit einem tonlosen Atem an dem meinen saugend, dass ich fast erstickt.«

»Grete, Grete, Kind, du –«, zum ersten Mal ist der Name aus meinem Mund, es ist gar nicht mehr wunderlich, ich habe nur ihre Hand genommen und halte sie in der meinen, sie ist ganz kalt und zittert, ihr Gesicht ist sehr bleich, ich streiche über ihr Haar, immer wieder, ich kann gar nichts denken, ihre Brust geht auf und ab, über die Wange rinnt heiß und langsam eine Träne, ich stehe auf, ich nehme sie in meine Arme, ich küsse ihr die Träne weg, ein stummes, qualvolles Schluchzen erschüttert den Leib, ich lasse sie nicht los, endlich wird sie ruhiger, ein Lächeln ist wieder um ihre Lippen, mit Gewalt reißt sie sich zusammen, nimmt ihr weißes Taschentuch, wischt energisch über die Augen, lachend schon wieder und schelmisch über die meinen, setzt sich wieder an den Tisch, sticht hart mit der Gabel ins Fleisch, schneidet einen großen Bissen, stippt ihn in die Tunke, schiebt ihn mir in den Mund und:

»So, das ist wichtiger als alles. Ich bin ein dummes, hysterisches Ding, und nun wollen wir nicht mehr darüber reden, nicht?«

Nein, wir reden nicht mehr darüber. Aber sie ist bleich, ihr Mund lacht, sie spricht unaufhörlich, sie scherzt und beginnt tausend Schnurren, aber ich weiß, sie ist nicht dabei, es ist nur der Mund, der lacht, ihr Auge bleibt groß, ernst und erschrocken, und hinter der weißen Stirn liegt eine kleine Seele, krank und blutet aus tausend Wunden.

Das Essen ist vorbei, wir sind aufgestanden, die alte Magd räumt die Teller weg, die Mutter, die bisher stumm vor sich hinkauend dabeigesessen, nur Halbverständliches vor sich hingemurmelt, hat jetzt ihren Stock genommen, humpelt um den Tisch herum, hängt sich in meinen Arm, zeigt mit einem fast triumphierenden Ausdruck zur Tür links, ich blicke fragend zu Grete, ein süßes Madonnenlächeln ist auf ihrem Gesicht, über ihre Wangen fliegt eine zarte, glückliche Röte:

»Da liegt er drin und schläft«, strahlt sie, »jetzt kann er ruhig aufwachen, er hat ja nicht jeden Tag einen anderen Vater, der zurückkehrt.«

Gott, der am Kreuz hängt, der die Sünden der Welt trägt: Eine Woge hat mich erfasst und trägt einen fort, lässt mich nicht mehr los, man kann nicht mehr zurück, man kann nichts ungeschehen machen, die Küste entschwindet, hinaus aufs schwindelnde Meer, ohne Halten – es flammt mir vor den Augen.

Das kleine Zimmer ist ganz in Weiß, rosa und blaue Wände, weiße Decken, weißer Mull, die Fenster sind offen, die weißen Federgardinen bauscht der Wind ins Zimmer, auf der gelben Strohmatte spielen runde Sonnenflecke, es ist ganz still, ich höre meinen Atem, die beiden Frauen neben mir bleiben stehen, in der Ecke ist ein kleines Bett, weiß lackiertes Holz, weiße Kissen, mit drei Schritten ist sie hin, beugt sich tief über den Rahmen, das Holz presst sich ihr in den Schoß, das Kleid rutscht hoch, ich sehe ihre schwarzen Schuhe, die weißen Strümpfe, zwei runde Waden, der Körper kommt wie in einem Schwingen zurück, sie atmet hoch auf, in ihren Händen bewegt sich etwas, kleine, schlafdumpfe Bewegungen, reckt sich, wird wach und stark und wirft strampelnd die Decke von den hochgerichteten Beinchen. Ein zarter, winziger Körper quält sich nackt und rot auf ihren Armen, strampelt gegen das Licht, gegen Leben und Welt, die kleinen Fäustchen sind schmerzhaft geballt, die Lider fest zusammengepresst. Nun ist sie neben mir, hält das Kind wie eine Monstranz vor sich und reicht es mir in die Arme. Da schaue ich nun hinab und wage mich nicht zu rühren. »Dein Junge«, sagt sie, »nicht wahr, er sieht genau aus wie du, die schwarzen Härchen und die kleine runde Nase, ich habe noch Kinderbilder von dir im Schreibtisch gefunden, mit kurzen Höschen, süße, lustige Bildchen, siehst du, da muss er auch lachen, und die winzigen Händchen greifen nach deinem Finger, jajaja, der Papa ist wieder da, der Papa, sag einmal Pa-pa, Pa-pa, siehst du, er macht schon das Mäulchen rund, Pa-pa, da, wirklich, hörst du, sein erstes Wort, wie oft habe ich es ihm vorgesagt, nun hat er es begriffen, sagt es gerade heut zum ersten Mal, Pa-pa, Pa-pa, du mein Trostkind, mein kleines Geschöpf!«

Da ist ein Scharren an der Tür, ein dumpfes Knurren und Suchen, die Klinke klappt zweimal ungeschickt herab, und da ist der Hund im Zimmer, springt mit ein paar großen, wilden Sätzen gerade auf mich zu, mit beiden Tatzen nach dem Kind hoch, fast lasse ich es fallen, da reißt es mir Grete im letzten Augenblick aus der Hand, die Wut des Tieres lässt nach, mit großen roten Augen glimmt es mich an, springt noch einmal wie sinnlos bellend durchs Zimmer, zur Frau zurück, reibt sich winselnd an ihrem Knie, der Schwanz wedelt demütig, die rote Zunge hängt lang aus dem offenen Maul, er wendet den buschigen Kopf, blickt zu ihr wie bettelnd hoch, ist nun auf seinen Hintertatzen, an ihrem Arm, der krampfhaft das Kind hält, und leckt atemlos über Arme, Beinchen und den nackten Körper des Kindes.

»Bist du denn toll, Nero? Was fällt dir denn ein? Es wäre ja fast gefallen!«

»Schafft das Tier fort«, sage ich dumpf, »ich kann es nicht sehen«, und gehe zur Tür hinaus, zurück in mein Zimmer.

Mir ist sehr übel. Das Tier hat mich verwirrt. Ich hasse es. Es wird mich im Traum verfolgen. Es ist wie ein Mensch. Aber was will es? Was geht das Ganze ein Tier an? Lächerlich. Ich bilde mir das alles nur ein. Meine Nerven sind völlig entzwei. Der verfluchte Krieg. Aber es ist ja jetzt alles gut, ich habe ein Haus, ich habe – eine Frau, ein – Kind, warum denn nicht, ich habe das nicht gewollt, das war nicht gemeint, als ich den Pass nahm, ich wollte ja nur heraus aus dem Dreck, ich will ja nur ein neues Leben beginnen, ich bin kein Proletarier, ich bin jetzt ein feiner Herr, ich bin es doch, also täusche ich niemanden, sie kann ganz zufrieden sein mit mir, sonst hätte sie ja niemanden, das Kind würde sein »Papa« in die Luft sagen, wie es lächelte, die kleinen roten Beinchen, was geht mich denn das Tier an, es soll sich in Acht nehmen, ich gebe nichts wieder heraus, hier bin ich jetzt und verteidige es mit Zähnen, mein Kind, mein Weib – Grete! Das ist furchtbar! Ich betrüge sie, ich habe solch eine Frau nie gesehen, ich betrüge sie mit mir selbst, das ist alles so grauenvoll, aber ich liebe sie doch, ich liebe sie doch, so rasch kann das gehen, das ist ganz neu, wenn ich an sie denke, ist hier etwas in der Brust und schmerzt, ihr Haar, ihre Lippen, ihre Augen, wenn sie einen anschaut, wie sie über das Kind gebeugt war, was tue ich denn, was tue ich denn?

Es klopft. Sie ist es. Wie konnte ich so weg von ihr, allein in mein Zimmer. Ein Proletarier handelt so, aber kein gebildeter Mensch. Warum scheue ich mich, die Tür zu öffnen? Weil ich sie liebe? Bin ich ein Dieb? Ich werde wahnsinnig!

»Verzeih mir«, sagt sie, »das dumme Tier! Aber wie konnte ich das wissen. Du solltest vielleicht jetzt wirklich noch lieber hier eine Weile allein liegen und dich ausruhen, wo du Menschen nicht gewohnt. Du sollst ruhig bleiben, aber lass mich wenigstens nur neben dir sein, du schließt die Augen, ich will ganz still sein und dich immer nur anschauen dürfen, nur das, wenigstens dich anschauen, ja?«

»Leg die Hand auf meine Stirn«, sage ich ganz leise und schließe die Augen.

»Ja, so ist es gut, du bist nun mein anderes Kind! Nun nie, nie mehr aus meinen Armen!«

Wie lange liege ich so? Ihre Hand auf meiner Stirn, immer ihre Hand! Ich bin ihr Kind, ich bin geborgen, der Sturm hat mich unter diese Hände geweht, es ist alles gut.

Schlafe ich? Ich möchte reden, wenn ich doch reden könnte, alles dieser Hand sagen, die schmal, still und voll Glauben auf meinem heißen Gesicht ruht. Ich werde nie mehr reden können, das Geheimnis ist wie eine Barriere mir über den Mund gelegt, über Fröhlichkeit, Lust und Leben. Aber darum tat ich es doch, gerade darum! Ich will leben, ich will diese Hand küssen dürfen, die Lippen zwischen die schmalen Finger, über die kühlen runden Kuppen, die kleinen glatten rosa Nägel.

»Was machst du denn«, sagt sie verwirrt, »du sollst doch schlafen!«

»Ja, ja, ich schlafe ja: Es ist alles nur Traum, alles nur Traum, Grete, es ist ja ganz gleich, wir dürfen nicht darüber nachdenken, ob das wirklich so ist, aber du bist glücklich, nicht wahr, glücklich wie ich, du liebst mich, und wir sind zusammen, ich halte deine Finger, deine Hand, alles andere ist nur Gespenst, Dämonen, die einen hinabwerfen wollen ins Dunkel, aber du bist das Licht, du machst mich gut, es fällt alles von mir ab, ich will gut sein zu dir, nichts kann mich hindern, du bist mein Weib, meine Rettung, ich liebe dich, ich liebe dich, Grete!«

Ihre Lippen sind auf meinen, ich küsse sie auf Stirn, Brust, Hals und Augen, ihre Brust wogt, ihre Augen werden groß, weich und dunkel, ihre Hände ganz ohnmächtig, wir liegen beide auf dem Diwan, ihr Atem weht mir heiß und erregt ins Gesicht, ich fühle das Zittern ihres Leibes –: Da ist draußen eine Stimme, Worte vor der Tür, ist irgendwo eine Unruhe, ich muss das schon einmal gehört haben, es ist wie ein Stich, ich will nichts wissen, es geht mich nichts an, sie ist in meinen Armen, die Welt hört hier auf, eine Wand, ich weiß nichts anderes, ich kann jetzt nichts anderes wissen – da klopft es ganz schüchtern, und die Stimme der alten Magd sagt durch die Wand:

»Herr Sven Borges ist da: Er möchte Herrn und Frau Doktor seine Aufwartung machen.«

Sie hat sich erhoben, es ist Abend geworden, am Fenster klebt taubes Licht, ich kann ihre Augen nicht mehr sehen, die Stirn ist gesenkt, das sonst so weiche Kinn sticht hart und schwarz in den Dämmer.

»Wir wollen ihn nicht empfangen«, sagt sie endlich nach einem Schweigen, ihre Stimme ist unbewegt und seltsam heiser, ihre Glieder gespannt.

»Liebt er dich?«

»Ich weiß nicht. Vielleicht hasst er mich auch. Das geht mich nichts an. Ich mag ihn nicht.«

Plötzlich, sich wendend:

»Er war hier, auf Urlaub, vor einem halben Jahr, vor drei Monaten noch einmal, brachte Grüße von dir, ein Nachmittag wie jetzt, er saß im Stuhl gegenüber, seine Blicke immer in die meinen, er hat graue, runde Augen, wie kalte Kugeln, man wird das nicht mehr los, wie eine Ratte. Er hatte dich gesehen, war mit dir zusammen gewesen, ich war glücklich, etwas von dir zu hören, lud ihn zum Essen, warum denn nicht, ist er nicht dein Freund, du warst draußen weit im Graben, nun war etwas von dir im Zimmer, ganz nahe bei mir, er wusste dein letztes Gesicht, deine Worte, hatte dein Lachen gesehen, deine Bewegungen, etwas davon musste widerglänzen, in ihn eingegangen sein, ich war so froh, ich war nicht mehr allein, ich hörte seine Worte, ohne zu wissen, was, auch du hattest seine Stimme gehört, ich ging wie auf einer Brücke, schwebte über die endlose Breite des Stromes Zeit, über Meilen Landes zwischen uns, ich war bei dir, sah dich leibhaftig vor mir, es war alles wieder da.

Er aber verstand das nicht, glaubte, meine Heiterkeit gälte ihm, Freude, Seligkeit auf meinem Gesicht ihm, er nahm meine Hände, ich begriff noch immer nicht, plötzlich waren seine Lippen darauf, brannten heiß die Arme hoch, ich fuhr zurück, sah ihn erschrocken an, seine Hände griffen leer in die Luft, seine Lippen stammelten Unverständliches, zwei Sekunden nur, da hatte er sich wieder in der Gewalt, ein böses Lächeln stand auf seinen Lippen, seine Augen bekamen einen stumpfen Glanz, er verbeugte sich und war hinaus.«

»Das zweite Mal –«

»Nach drei Monaten war er wieder da. Warum bekam er immer Urlaub und du nie? Ich zürnte dir, war gekränkt, liebtest du mich weniger als er, vielleicht tat er mir auch leid, oder es war Eitelkeit oder Neugier oder doch nur, weil er im Zusammenhang war mit dir: Ich ließ ihn wieder vor, er schien gealtert, auf seiner Stirn waren seltsame Falten, seine linke Schulter war hochgezogen, sein Gesicht grau. ›Ist der Krieg bald zu Ende‹, fragte ich. ›Wünschen Sie es nicht‹, gab er zurück, seine

Stimme klang hohl, seine Lippen pressten sich schmal aufeinander, er schien, während er sprach, gar nicht im Raum, gar nicht da, wie mit etwas ganz anderem beschäftigt. Ich fragte nach dir, er wich mir aus, ich legte meine Hand auf seine, da sah er mich an, wund wie ein Tier, in seine Augen kam ein grünes Licht, die Falten auf seiner weißen Stirn zogen sich hoch zusammen, plötzlich schrie er: ›Ich lasse dich nicht, ich werde nicht eher ruhen, als bis ich alles weiß, ich bin ihm auf der Spur, ich bin ihm auf der Spur.‹«

»Wann? Wo? Ein Irrsinniger!«

»Ja. Ich glaube wohl auch. Seine Lippen waren ganz weiß und zitterten, die Schulter krümmte sich in die Höhe, ich konnte kein Wort herausbringen, nichts fragen, nichts ihm entgegnen. Er schien es auch nicht zu erwarten, an der Tür drehte er sich noch einmal um, die Spannung aus seinem Gesicht war jetzt weg, seine Züge waren schlaff, voll Leid und Armut. ›Verzeihen Sie‹, flüsterte er fast schluchzend, ›verzeihen Sie mir. Alles, was ich gesagt habe, alles, was ich tun werde, es ist stärker als ich, es ist über einem, ich sterbe daran, ich weiß das, aber er auch, er auch, vorher, zuerst!‹«

»Das ist doch alles –«

»Lass ihn nicht herein, ich fürchte mich!«

»Wovor denn? Wovor? Das ist doch alles lächerlich.«

Ich sprach sehr mutig, mein Blut brannte mir in den Schläfen, ich war aufgestanden und war nun vor ihr, etwas kroch mich an, man musste ihm begegnen, auf welcher Spur war er, was konnte er wissen, welch ein Mensch konnte etwas davon wissen, und wenn, man würde mit ihm fertig werden, ohne Schwierigkeit, ich war ja der andere, es konnte ja nichts geschehen, mir nichts und Grete nichts. Mir auf der Spur? Unmöglich. Niemals. Konnte ich ahnen, dass es das gar nicht war, dass es eine ganz andere Spur gab, etwas ganz anderes, das ich nicht wusste? –

Ich hatte den Arm ihr um den Leib gelegt, ich war jetzt ganz sicher, ich hatte eine Aufgabe, eine Verantwortung, sie schützen vor allem, sie war schwach und gab sich in meine Hut, ich war ihr Gatte, es gab keine Gespenster mehr, ich hatte alles Recht, sie war auf mich angewiesen, sie war in Not, und ich durfte sie retten, ich war sehr glücklich, der Stolz stieg in mir hoch, ein nie gekanntes Gefühl von Kraft, ich brauchte nicht zu ihr aufzusehen, sondern sie zu mir, sie in Schwachheit und ich in Kraft, wer wagte es, an meinem Glück zu rühren?

An der Schwelle noch einmal bleibt sie stehn, schlingt leidenschaftlich den Arm um meinen Hals, drängt den Leib zitternd gegen meinen, »geh nicht, geh nicht«, haucht sie, da ist ein Trotz in mir, fast wie ein Zorn, ich habe solch ein Gefühl nie gehabt, will sie sich auflehnen gegen mich, liebt sie vielleicht den andern, ja?, ich könnte sie schlagen, ich könnte meinen Arm aufheben gegen sie, in ihr Gesicht hinein, über die weißen Wangen, die weiße, durchsichtige Haut, den weichen, runden Nacken, dass das Blut strömt, sie ist mein Geschöpf, lebt in mir, nur durch mich, ich bin ihr Gatte, ihr Herr, warum sieht sie einen anderen an? Widerstand? Widerstand? Wie kann sie es wagen?!

»Was machst du für Augen«, sagt sie, ihr Gesicht ist ganz nah, hilflos und flehend blickt sie in die meinen,

»ich glaubte, das sei längst vorbei, das hättest du draußen vergessen?«

Vergessen? Was?

Ich blicke sie an, ich verstehe mich nicht, wo kam das her? Schlagen? Dies Gesicht? Diesen Leib? Dies Geschöpf, das mir geschenkt ist, anvertraut, ich gewürdigt, begnadet: Grete, Grete!

»Niemals mehr, nicht? Ich gehöre dir, nur dir, das weißt du nun immer. Alle Sehnsucht diese Jahre immer nach dir, alles Hoffen, alle Angst, alle Verzweiflung immer um dich, alle Liebe, alles Leben nur immer du, immer du, immer du!«

Ich küsse sie auf die Stirn, auf Augen und Mund, sie lächelt, sie ist ganz hingegeben und glücklich, ich könnte ihr jetzt zu Füßen fallen, ihre Füße küssen, die schlanken Beine, wie sie sich zu dem Kleinen beugte, mein Kind aus ihrem Schoß, mein Kind, ich liebe alles an ihr, jede Wimper, jedes Härchen, nun liegt ihr Kopf an meiner Brust, meine Hand über ihrem Haar, sie richtet sich auf, sie lächelt, es kann nichts mehr geschehen, »komm«, sagt sie nun selbst, und so gehn wir hinein, Arm in Arm.

Drinnen brennt schon das Licht, elektrisches Licht, die Vorhänge sind vor den Fenstern, um den Tisch in der Mitte stehn sechs leere Stühle, der Schreibtisch links ist breit und braun, ein schweres weißes Schreibzeug steht darauf, viereckig wie ein Grabmal, ein aufgeschlagenes Buch davor, was steht darin, wer hat es gelesen, vielleicht ich selbst, auch ich? Mein Schreibtisch, mir fällt schon alles wieder ein, hier habe ich gesessen, natürlich, hier habe ich gearbeitet damals, was denn nur, dieser Stuhl davor mit dem runden Strohgeflecht – ist ja zu drehn, immer herum, ich möchte mich jetzt daraufsetzen oder die Hand daran halten, und er soll herumkreiseln und der Schraubenstiel in der Mitte silbern und dünn und lächerlich hochwachsen wie ein ganz breiter, flacher Kopf auf einem dünnen Hals, und dann jagt die letzte Windung heran, und mit einem Krachen fliegt es herab, und der Hals biegt sich krumm, und nun setze ich ihn so verbogen wieder herauf, und er kugelt schief und wie betrunken wieder zurück, bis es nicht mehr weitergeht und das Holz stöhnt und die Kante der Scheibe sich schief hineingerammt. An der Tür links steht Sven Borges, er ist hochaufgerichtet, seine Schulter zuckt jetzt nicht, liegt ruhig und gerade, sein Hals gerade, er schaut auf Grete, er tritt heran und verbeugt sich, um seine Lippen ist ein verbindliches Lächeln, er neigt sich zu ihrer Hand und küsst sie, er tritt auf mich zu und reicht auch mir die Hand, er fasst sehr derb zu, seine Hand ist breit wie ein Gebirge, was sich da hineinirrt, ist zerdrückt, auch ich fasse zu wie Eisen, es ist wie ein Kampf zwischen den Händen, »lasst nur wieder los«, sagt Grete lachend, ein wenig heiser ist ihre Stimme, ein wenig gequält ihr Gesicht, »ich freue mich, dass Ihr erster Besuch gleich Hans und mir gilt, nun sind Sie beide da und beide lebend, der Krieg ist aus, Ihre bösen Ahnungen sind in Luft verweht!«

Sie will heiter scheinen und leicht, es gibt keine Schwere mehr, keine Gefahr mehr, ich bin bei ihr und lasse nichts heran, sie fühlt das, es ist gut, dass ich hier bin, man darf solch eine Frau nicht allein lassen, wie er sie ansieht, ich könnte mich auf ihn stürzen, aber es ist wie eine Wand davor, wie die Glasscheibe in der Bahn.

Nun sitzen wir am Tisch, Grete hat Likör kommen lassen, eine kleine geschliffene Karaffe, kleine bunte Gläschen, warum so viel Aufwand für ihn, man sollte ihn einfach am Kragen packen und hinauswerfen, abschütteln wie eine Viper, warum schweigt er immer und spricht nicht, sitzt nur immer da, »ein Gläschen noch« – »ich bitte« –, wie ein Maulwurf, sagt sie, ein Fisch, sich festsaugend mit tausend Saugnäpfen, man muss ihn herausreizen aus seiner Ruhe, keine Umwege machen, nicht herumschleichen wie er, was kann er wissen, wer ist er, hat er mir nicht schon einmal etwas getan, bevor Grete da war, bevor sie da war, gab es auch einmal solch eine Zeit, mir ist, als wenn ich selber im Grab liege, ich habe das alles schon einmal erlebt und weiß nicht wie, etwas kommt durch die Luft, landet und stößt gegen einen, lautlos und weiß schwimmt die Seele in der Luft, wie Gallerte ist alles, ungreifbar und schemenhaft, mitten in solch eine Welt ist man gesetzt voll Wunder, hier sitze ich in einem eleganten Zimmer, und da ist ein Mann gegenüber, der mich hasst, und ich weiß nicht warum, und da ist Grete, meine Frau, wie ein Spieler bin ich auf einer Bühne, werde ich meine Rolle wissen, ist mein Stück zu Ende geschrieben, vorher schon bestimmt, und ich sage es nur nach, etwas Uraltes, meine Worte fallen aus meinem Mund ganz von selbst, mein Blut findet seinen Weg allein, um mich herum sind Muskeln und Fleisch, ich sitze in mir selber drin und schaue aus meinen Augen wie aus einem schmalen Schacht, da ist die Welt, da ist das andere, Menschen und Straßen und Wolken und ein Zimmer und Schicksale, und ich gehöre selber dazu, selber dahinein – wo bin ich denn, es muss ja etwas geschehn, ich muss etwas tun, sonst geschieht es mit mir, ich muss zuhören, was die beiden sprechen, es ist sehr notwendig, warum steht Grete denn auf, ich sollte sie zurückrufen, geht hinaus mit kleinen leichten Schritten, tänzelnd, wie?, damit jener es sieht, wie?, liefert mich dem aus, verrät mich an ihn, liebt ihn, liebt ihn doch, ich will ihr nach, ich muss, mich auf sie stürzen und über sie, was geht mich denn der Mann an, sie ist mein Weib, ich will ihr nach, aber er zuerst, doch er zuerst, jetzt fasse ich ihn, packe ihn einfach bei der Gurgel –, da blickt er mich plötzlich an, kalt und durchdringend, und sagt:

»Ihre Frau ist herausgegangen, ich benutze die Gelegenheit, um mich mit Ihnen auszusprechen, wir wollen vergessen, was zwischen uns war, verzeihen Sie mir mein Benehmen heut im Zug, es kam so plötzlich, dass ich Sie sah, Oberst Koch sagte mir, Sie seien noch am letzten Tag geblieben, ich habe es nicht glauben wollen, ich ging noch einmal durch die Gräben, Sie wissen ja, ich lag nicht weit von Ihnen, wir hätten uns eigentlich öfter besuchen sollen, das ist nun vorbei, hätte ich Ihren Leichnam wirklich gefunden, ich hätte ihn vielleicht mit Rosen bekränzt, ich hätte alles vergessen, der Tod macht ja alles verlöschen, nun leben Sie, nun sind Sie wieder heim, heim bei Ihrer Frau, ich will wieder Ihr Freund sein.«

Mein Freund? Rosen? Seine Augen sind kalt und grau, sein Gesicht ist hart, sein Nacken dünn und gebeugt, die

Lippen zusammengekniffen, in der linken Schulter zuckt es, er hält sich zurück, er hat Zeit, er wartet auf seine Beute.

Es war schon einmal etwas, er saß mir schon einmal so gegenüber, ich weiß nicht wann, ich weiß nicht warum, es war sehr ähnlich wie jetzt, aber das ist ja nun gleich, er will mein Freund sein, man darf ihn nicht zurückstoßen, der Krieg ist zu Ende, es ist alles gut, man muss dankbar sein, dass man lebt, dass man nicht tot liegt, zerfetzt im Schlamm, ich bin sehr allein, man muss einen Freund haben, warum soll er es nicht sein, ich kenne ja niemanden sonst, ich erinnere mich nicht, überhaupt jemanden zu kennen, er ist klug, und ich habe keine Furcht, das soll niemand glauben, o nein, weder er noch Grete, ich bin ein Mann, ich habe es bewiesen, ich habe gewagt, was keiner sonst wagt, und ich bin am Leben, es wird jetzt neu anfangen, jetzt erst beginnt es, es wird nicht leicht sein, er soll mir helfen, ich will ihn in meine Pläne einweihen, ihn fragen, wie die Berufslage jetzt ist, er wird das schon wissen, denn sein Beruf schließlich – und meiner –

»Sie werden nun gleich an die Arbeit gehn?«, kommt es wie ein Echo von drüben.

»Ja, das heißt, nach ein paar Tagen, vielleicht, man muss erst einmal sehn, es ist möglich, dass dies und das noch vorher geordnet sein muss, dass – man muss sich ja auch erst ausruhn, nicht wahr, das tun Sie ja wohl auch, Sie nehmen ja wohl auch nicht gleich die ganze Portion wieder auf sich, man muss abwarten, wie die Situation sich macht.«

»Warum warten? Hinein, ehe die andern kommen. Jetzt strömt alles zurück in die Berufe, das große Wettrennen beginnt, wer sich jetzt nicht die Tafel deckt, kommt zu spät.«

Er will mich fangen, er will mich ausholen, ich werde mich nicht verraten, er soll mir nichts nachweisen können, er schnüffelt an mir herum, verfolgt seine Spur, ich habe nichts dagegen, bin so klug wie er, so gebildet wie er, ein Freund, ein Freund, der mich aushorcht, oder ich bin nur empfindlich, er meint es gut, sicher, wo nur Grete bleibt, man muss gewappnet sein für alle Fälle, nein, man muss angreifen, nein, man muss zuvorkommen, in die Flanke fallen, für alle Fälle.

»Und Sie? Und Ihr Beruf?«

»– beginnt morgen. Es gibt immer Verbrecher!«

»Ein trauriger Beruf –«

»Finden Sie? Das Barett tragen, Anwalt des Staates sein, Unrecht sühnen im Auftrag einer höheren Macht –«

»Die waltet schon allein.«

»Aber sie bedarf des Werkzeugs unserer Hände. Der Mensch muss vor sich selbst geschützt werden. – Früher haben Sie anders gesprochen.«

Früher? Will er wieder heran? Wem will er drohen? Von einer Deckung zur anderen: Er soll mich nicht finden.

»Der Krieg liegt dazwischen, Krieg und Tod. Da ist manches in uns anders geworden, ausgelöscht und geändert.«

»Aber es gibt Dinge, die verjähren nicht, bleiben immer bestehn, dem Eingeweihten sichtbar als ein blutiges Zeichen, bis es gesühnt ist.«

»Möglich.«

»Wenn auch das Gesetz nicht mehr straft: Es gibt Wunden, die heilen nie, brechen immer wieder auf, immer wieder. Weil etwas darin zurückgeblieben, ein Splitterchen nur; nun kann es nie heilen, bricht immer wieder der Eiter durch das feine Häutchen hindurch. Sie als Arzt sollten das am besten wissen.«

Ich, ich als Arzt, ja gewiss, wie, ich als Arzt, aber er, warum sagt er mir das, verrät das, so dumm, so lächerlich dumm, ich weiß es ja selbst, dass ich Arzt bin, Chirurg, natürlich, im Schrank da nebenan müssen Instrumente sein, die Tür rechts führt zum Untersuchungszimmer, es ist ganz weiß, und die Instrumente blinken, ein Gaskocher dampft hinter der Glaswand, da stehen Glasröhren, der Sterilisator, die Glastöpfe mit den eingeschliffenen Deckeln, Watte und Pulver und Jod, es ist alles klar, wie eine Wolke ist es nur vor meinem Hirn und dampft nun ab, ich muss gleich hinein, ich muss alles sehn, betasten, ob es noch am gleichen Platz, ob nichts zerbrochen, nichts verstaubt, Grete darf ja nicht herein, das habe ich ihr einmal verboten, wer hat nun dafür gesorgt, man muss gleich fragen, man muss gleich eine Schwester bestellen und einen Wärter, es muss alles wieder in Gang, alles wieder beginnen, die Kranken stehn schwarz im Vorraum, er muss mich entschuldigen, ich kann wirklich nicht mehr hier sitzen und mich unterhalten, mein Leben ist ja nicht so, man muss arbeiten, Geld verdienen, sehr viel, ich muss Grete einen Ring kaufen, mit einer schwarzen Perle, hat sie sich das nicht immer gewünscht, eine schwarze Perle, oder hat sie sie schon, auf dem linken Mittelfinger, schwarz auf der weißen Haut, für die große Operation damals, es war ein so großes Honorar, wie, ja, aber werde ich das denn jetzt können, werden meine Hände das können, in einen fremden Leib hineinschneiden, einen nackten Körper, zerbrochene Knochen, Riemen und Gips und Blut, Chloroform und nackte Frauen –

»Was ist Ihnen denn, was haben Sie, Sie sind ja plötzlich ganz blass«, wie ein Triumph ist es in seiner Stimme, seine Mienen können sich kaum beherrschen, in seinen Augen glüht offener Hass.

»Soll ich Ihre Gattin rufen?«

Da steht plötzlich wieder der Hund im Zimmer, ich habe ihn gar nicht bemerkt, er hat die ganze Zeit dabeigesessen, unter dem Stuhl von Borges gekauert, die Schnauze auf den Pfoten, jetzt kriecht er hervor, richtet sich auf, schleicht langsam hinaus, den Schwanz zwischen die Beine geklemmt.

»Es ist spät«, sage ich da endlich, während jener, in Schweigen versunken, mich fast vergessen zu haben scheint, »verzeihen Sie mir, wenn ich Sie jetzt bitte zu gehn. Grete hat sich wohl auch schon zurückgezogen, der erste Tag, bis man sich wieder an alles gewöhnt, es ist etwas viel, wie?«

»Ja, verzeihen Sie auch mir«, sagt nun jener aufstehend, »ich habe die Zeit unterschätzt, ich habe nur für einen Augenblick kommen wollten und Sie und Ihre Gattin begrüßen und mich entschuldigen, und nun, nicht wahr, sind wir Freunde und sehn uns öfter.«

»Ja, wir sehn uns öfter.«

»Und Frau Grete: Ich lasse mich auch bei ihr entschuldigen.«

Er ist hinaus, ich habe ihn bis zur Tür begleitet, nun bin ich wieder im Zimmer, ich stehe einen Augenblick allein, ich muss mich am Stuhl halten, ein feiner Schwindel hat mich erfasst, es dreht sich alles im Kreis, ich kann nichts mehr denken, ich will nichts mehr denken, etwas tut weh in mir und kann nun nie mehr schweigen, es ist alles so schemenhaft, ich weiß nicht, was ich tue, in meinem Kopf schmerzt es und sticht, warum habe ich ihn hereingelassen, warum nicht Grete gefolgt, schließlich, er ist ja dumm und harmlos, vielleicht auch gutmütig und will einen nur schrecken, jetzt ist es Nacht, jetzt ist es genug, jetzt will ich endlich ruhn und schlafen, morgen ist ein neuer Tag, morgen –

Nun ist sie im Zimmer, »Liebling«, sagt ihre Stimme und schmeichelt weich und zärtlich an meinem Hals, »bist du böse, dass ich hinausging, ich konnte ihn nicht ertragen, mir war, als schnürte mir etwas die Kehle zu, und nun bist du ja auch nicht mehr eifersüchtig, aber ich wollte dir doch zeigen, dass er mich nichts angeht –«

»Nein, dich nicht und mich nicht, es ist alles gut.«

Es ist alles gut, heute Abend, erst einmal schlafen, morgen beginnt es, morgen –

»Hat er dir etwas gesagt?«

»Bist du neugierig, willst es wissen, jedes Wort, ja?«

»Hans!«

Ach, wie kam das aus mir, so hart wie ein Riemenhieb, ich möchte so leise sein mit ihr, ich möchte sie immer nur streicheln, »Hans«, ihre Stimme ist wie ein Gefäß voll

Zärtlichkeit und Demut, in ihren Augen schmilzt etwas, ihre Lippen sind feucht, ich senke mich über ihr Gesicht, es scheint wie von innen zu leuchten, die Lider legen sich durchsichtig über die blauen Sterne, die langen dunklen Wimpern zittern, »komm«, flüstert sie fast unhörbar, »Mütterlein schläft schon lange, es muss spät sein, der dumme Mensch, ich habe nicht nach der Uhr geschaut, sie schlafen alle schon, komm, ich sehne mich – so nach dir!«

Ich schaue sie an, sie liegt in meinen Armen, ihr Körper ist schwer, ihr Atem haucht warm in mein Gesicht, in ihren Augen strahlt eine einzige Liebe. Plötzlich fasst mich eine rasende Angst, hämmert mein Herz wie im Sturm, in der Kehle sitzt mir etwas, was ist denn das alles, wann kam ich denn her, es ist Nacht, es muss ein Ende haben, ich will endlich allein sein, ich muss allein sein, sofort, was will sie denn, warum sieht sie mich denn so an?!

Sie hat sich aufgerichtet, sie hat nichts gemerkt, ihre Augen sind immer in meinen, sie müssen immer darin sein, sie gehn nicht mehr heraus, nun schiebt sie ihre Hand unter meinen Arm, mit der Linken öffnet sie die Tür, dreht drinnen das Licht an, es ist eine kleine gelbe Ampel, ein gelbes, mattes, gedämpftes Licht, da stehn zwei Betten, nebeneinander zwei Betten, ohne Zwischenraum, weißes Laken über beiden, weiße Decke –

»Nein, nein, nein!«

Wo kam der Schrei her, dunkel, unbekannt, grauenhaft aus meinem Leib, entsetzt springt sie zurück, ihre Augen sind weit offen, zitternd, bis in die Fingerspitzen erbleicht, schaut sie mich an:

»Was ist dir, Hans!«

Ich bin selber erschrocken, ich bin selber verwirrt, ich nehme ihre Hände in die meinen, sie sind kalt und feucht, ich bedecke sie mit Küssen, ich lege den Arm um ihren Leib, ihr Körper windet sich in Schluchzen und Scham, ich ziehe sie ganz zu mir, ich setze mich auf den Rand des Bettes, nehme sie auf meinen Schoß, ich sehe ihren weißen Hals, die kleine vibrierende Sehne, das kleine schlagende Herz, ich habe meine Hand über ihrer runden Schulter, die Bluse ist bei einer Bewegung am Pfosten hängengeblieben und aufgerissen, das weiße Fleisch leuchtet matt und durchsichtig, ich presse die Lippen darauf, sie vergisst alles, das Blut hämmert mir in den Schläfen, wie irr tasten die Hände über ihr Gesicht, über das rostbraune Haar, über den schmalen Hals, die weißen Brüste, die runden Knie –: Da ist ein Scharren an der Tür, ein Knacken und Kratzen, ich hebe den Kopf aus den Kissen, ich lausche, meine Hände vergessen, wo sie sind, der Nebel ist fort, es ist alles sehr nüchtern und klar, alles ist zur Tür gespannt, jetzt klingt es deutlich wie ein Rutschen, wie ein Splittern von Holz, ich springe auf, meine Schuhe gehn hart und knarrend über die Dielen, ich bin an der Tür, ich reiße sie auf, es ist ganz finster, es ist niemand da, vielleicht habe ich mich geirrt, vielleicht ist es nur das erregte Blut in meinem Ohr, oder die Granaten aus der Schlacht, vielleicht bin ich auch tot und träume das nur, es kratzt jemand an meinem Sarg, es ist immer noch Krieg, splitternde Mauern, Mörtel und Lehm, ich will die Tür wieder schließen, es ist ja lächerlich, so an einer Tür zu stehn und niemand ist da, ich will zurück zu ihr, wie konnte ich sie allein lassen, jetzt allein lassen, nun habe ich die Hand an der Klinke, nun drücke ich dagegen, da ist ein Widerstand, etwas Weiches, Elastisches, mich befällt plötzlich Furcht, ich drücke rasch mit aller Kraft dagegen, da wird ein Knurren deutlich, und nun sehe ich zwei Augen, ganz nah vor meinem Gesicht, große grüne Augen aus dem Dunkel, starre, funkelnde Punkte auf mich gerichtet, nun auch ein zottiger Kopf, gesträubtes Haar, ein dunkler, zottiger Leib, nach hinten gezogen wie zum Sprung, ich trete blind einen Schritt zurück, ich reiße einen Stuhl aus der Ecke, ich schwinge ihn hoch – da sind die Augen weg, der Kopf ist nicht mehr da, die Tür gibt nach, fällt klappend ins Schloss, ich drehe den Schlüssel zweimal um, draußen tappt es schleppend davon, nun ist es ganz still. Ich stehe noch einen Augenblick und lausche, es ist nichts mehr zu hören, mein Atem wird mählich wieder langsamer, ich kehre mich um, ins Zimmer zurück, da liegt sie noch auf dem Bett, sie hat sich auf den Bauch gedreht, der Kopf ist heiß und rot in die Kissen gewühlt, das Kleid hochgezogen, ihre Beine liegen nackt bis über das Knie, das Haar ist in einer Locke gelöst, das Bett zittert unter ihrem Schluchzen. Ich gehe leise zu ihr hinüber, sie ist mir plötzlich ganz fremd, ein fremder Mensch, still und behutsam ziehe ich ihr das Kleid über die Beine, setze mich auf den Rand des Bettes, ich möchte ihr etwas sagen, ich möchte meine Hand ausstrecken und über ihr Haar streicheln, aber es ist wie ein endloser Weg, meine Hand ist schwer und müde, meine Augen fallen mir fast zu, ich möchte nur schlafen, schlafen.

Ich weiß nicht, wie lange ich so sitze, vielleicht habe ich geschlafen, es ist möglich, ich habe vergessen, dass ich auf einem Bett sitze und eine Frau weinend neben mir, aber ich kann nichts dafür, ich bin wie Kaspar Hauser und komme aus einem dunklen Keller, ich sehe Licht zum ersten Mal, zum ersten Mal einen Baum, eine Wolke, einen Stein, einen anderen Menschen, eine Frau, meine Frau, die Erinnerung kommt ganz langsam, man muss mir sehr viel Zeit lassen, ich bin wie krank, ich sehe alles ganz neu, ich erlebe alles zum ersten Mal, das macht so müde, zwischendurch kommt immer wieder die große, dunkle Hand und deckt alles wieder zu, man steht wieder ganz allein, es ist so grauenhaft, die Welt und die Dinge und man selber, man selber am meisten.

Ich rüttle mich wach, ich kann ja nicht immer so sitzen, wie spät mag es sein, ihre schmale Hand liegt auf meiner Hand, sie hat die Decke über sich gezogen, die Decke bewegt sich ganz langsam, ganz gleichmäßig, es ist ihr Atem, sie schläft.

Ich betrachte gespannt ihre Züge, sie liegt jetzt auf dem Rücken, das Gesicht ist rot und verweint, ein Knie hochgezogen wie bei einem Kind, die Wimpern sind geschlossen, kleine Härchen stehn verwirrt und rührend um die Schläfe, die weichen Lippen sind halb geöffnet, ab und zu unterbricht ein tiefer Seufzer das ruhige Atmen, dann presst sie meine Hand im Schlaf, ich rühre mich nicht, ich halte den Kopf über sie gebeugt, ganz dicht über ihr Gesicht, über ihre Stirn läuft links eine kleine blaue Ader, verästelt sich über der Schläfe, es ist ganz still, nur immer der gleichmäßige Atem, immer auf und ab, etwas lebt da, von selber, immer auf und ab, ich halte es nicht mehr aus, ich beuge den Kopf noch tiefer über sie, meine Lippen berühren die ihren, es ist ganz weich, ganz süß, ich berühre, ich berühre das Leben, nun schlägt es die Wimpern hoch, tiefblaue Sterne sind unter mir, kommen staunend aus unbekannten, fernen Träumen.

»Grete«, sage ich jetzt ganz leise, »ich liebe dich, ich liebe deine Lippen und die Härchen um deine Stirn, ich liebe deine Augen und den fernen feuchten Glanz, ich liebe deine Tränen und deinen weinenden Mund, ich war lange fort, nun bin ich da, ich brauche Zeit, bis ich dich erkenne, hab Geduld mit mir, es ist ein weiter Weg, bis ich mich gefunden, es ist schwer mit mir, ich muss mich erst suchen, aber ich liebe dich, es gibt nichts mehr, was uns trennen kann, ich liebe dich, immer, in meinem Innersten, und lasse dich nicht mehr los.«

Zwei Augen wachen auf, zwei Augen hören, aus zwei Augen bricht ein blaues Strahlen, zwei Arme kommen und schlingen sich um meinen Nacken, ein Leib jubelt, schmiegt sich fest gegen meinen, es gibt keine Kleider mehr, es ist nichts mehr zwischen uns, Lippen auf Lippen, Leib auf Leib.

Die Nacht vergeht, unter den Gardinen wird es grau, ich kann kein Auge zutun, ich streife die Decke von der Brust, ich liege ganz bloß, mir ist heiß und seltsam zum Ersticken. Nun liegt sie drüben, auf ihrem Gesicht spiegelt sich ein Lächeln, sie träumt von mir, auch im Schlaf bin ich in ihr, ich bin nicht mehr allein, warum bin ich so unruhig, sie wird alles mit mir teilen, auch wenn etwas geschieht, was kann denn geschehn, Borges ist mein Freund, er hat es selbst gesagt, er hat mich um meine Freundschaft gebeten, was kann mir denn der Hund tun, und kommt er noch einmal, ich schlage ihn nieder, es ist gut, dass die Nacht vorbei ist, wer mir mein Glück nehmen will, den schlage ich nieder, es sind alles nur wüste Träume, und mein Kopf schmerzt, wenn es nur nicht so heiß wäre, die andern schlafen auch alle, die dicke Decke über den Körper, das Kleine und die Mutter, und ich allein wache, weil man aufpassen muss, weil jeden Augenblick etwas geschehn kann, kein Mensch ist sicher vor Schicksal, man geht den Fäden nach, sie sind wie in der Luft, man tastet ihnen nach, und plötzlich sind da Knoten, plötzlich – »du bist ja wach, Grete, ich glaubte, du schläfst, warum blickst du mich denn so seltsam an, warum setzt du dich hoch, was ist denn, ich habe mich abgedeckt, weil mir so heiß ist, nun bin ich wieder darunter, du schämst dich wohl, das ist schön, aber im Krieg, siehst du, hat man alles, auch die Scham verlernt, ich schlafe nicht so gut wie du, so sprich doch, so sag doch ein Wort, du bist ja ganz weiß im Gesicht, es ist doch jetzt alles gut, ich liebe dich doch, du liebst mich doch, es beginnt doch jetzt ein neues Leben, wir werden uns nie mehr trennen, auch im Traum nicht, nicht wahr, du, du –«

»Nimm doch – noch einmal – die Decke zurück«, stottert sie atemlos, »ich weiß nicht, du siehst so seltsam aus, als wenn – du hast ja gar keinen Nabel!«

»Keinen Nabel? Das ist doch lächerlich, jeder Mensch hat doch einen Nabel, jeder, der von einer Mutter geboren ist, da sind wir verbunden mit der Erde, mit allen Menschen, wir haben alle eine Mutter, du bist noch im Schlaf, Traum steht in deinen Augen!«

»Nein, nein, nein«, sie ist bei mir in meinem Bett, in ihrer kleinen Hand ist plötzlich eine starke Kraft, sie reißt mir die Decke herunter, sie starrt auf meinen Leib, Entsetzen ist in ihrem Blick, nun senke ich selbst das Auge, taste mit dem Finger über den Bauch: Er ist glatt, die Haut ist gespannt wie über einer runden Trommel, es ist keine Vertiefung da.

Ich habe keinen Nabel, ich habe keine Mutter, ich habe kein Kind, ich bin nicht eingereiht in die Kette, die durchgeht durch alle Leiber vom ersten zum letzten Menschen. Aus keinem Schoß geboren, Körper und doch keiner, ich und doch ein anderer, ein Name, ein Schicksal und doch kein Mensch. Wo fange ich denn an, und wo ist mein Ende? Ich fühle mich doch, ich lass es mir nicht entreißen.

»Grete? Erschrick doch nicht, es ist ja glatt, die Haut ist ganz glatt, vielleicht doch nicht so ganz, siehst du, hier ist eine Falte, sie ist klein, aber sie ist doch da, vielleicht hat mich auch im Krieg etwas an der Stelle getroffen, ja, eine Granate neben mir, ja gewiss, es war ein gewaltiger Druck, ich stürzte hin, wir stürzten alle nieder, habe ich es dir nicht geschrieben?, der ganze Graben brach zusammen, wir waren alle betäubt, Blut floss aus meinem Leib, ich bin wohl auf eine Drahtspitze gefallen, es war nicht viel, es war nur eine kleine Wunde, gerade hier in der Mitte, siehst du, und nun ist es vernarbt, nun ist es nur noch solch kleiner Strich, eine kleine Falte, fast ganz glatt, eigentlich schon ganz glatt und nichts mehr zu sehn, glaubst du nicht, glaubst du das nicht?«

»Du warst verwundet und hast mir nichts geschrieben? Warum hast du mir das nicht geschrieben? Meine Ahnung, das war meine Ahnung, immer sah ich dich am Boden, unter Sand und Lehm, immer sah ich dich blutend und tot, ach Hans, Hans, dass du da bist, dass es vorbei ist, dass du lebst, so nah war der Tod, hier, hier wäre es geschehn, wäre dein Leben verströmt, wäre alles zu Ende.«

Sie ist außer sich, ihre Lippen, ihre heißen Wangen sind auf meinem Leib, küssen die Stelle immer wieder, immer wieder. Dann richtet sie sich auf, kniet sich neben mich, schaut mir fest in die Augen:

»Warum hast du mir das verschwiegen? Weil du mich liebst, ich weiß. Aber du kennst mich nicht, weißt meinen Mut nicht und meine Kraft, es gibt nichts, was du mir nicht sagen könntest, nicht immer sagen kannst. Was immer es sei, ich fürchte mich nicht.«

Nein. Vor nichts? Ach, alles sagen, einem Menschen alles sagen, sich lösen können wie ein Gewitter! Und wenn ich jetzt vor sie hintrete, wenn ich jetzt aufstehe, ganz nackt im Zimmer, ihre Hand auf die Stelle legte und ihr sage: Sieh, ich habe keinen Nabel, ich bin von keiner Mutter geboren, es ist alles nicht wahr, ich bin kein Mensch, ich bin nicht ich, ich kenne mich selbst nicht, aber ich liebe dich –: Dann, dann wird sie doch zucken, dann wird sie doch schreien und mich zurückstoßen, ach, dann wird doch aller Mut und alle Kraft – und auch alle Liebe fort sein?

»Du bist traurig, Lieber, alle Vergangenheit ist tot, wir sind nun da und leben und werden glücklich sein.«

Wir sind da und leben. Ja, wir werden glücklich sein. Wir müssen glücklich sein. Wir werden allen Mut haben und alle Kraft.

»Es ist schon Morgen, es ist schon Tag, wir wollen unsere Kleider über unsere Körper ziehn.«

»Wie seltsam du das sagst: ›über die Körper ziehn‹!«

Seltsam? Wir schlüpfen in ein Gewand, wir hängen ein Gewand über unsere nackten Leiber, gehn an die Arbeit und sind dann erst Menschen. –

Ich habe ein weißes Hemd auf der Haut, ich trage einen hellen grauen Anzug, in den hellen Hosen ist eine Bügelfalte, meine Füße gehen in lila Strümpfen und braunen Schuhen, ich bin bei der Arbeit, draußen im Vorzimmer warten sie, ich sitze in einem breiten Sessel vor meinem Schreibtisch, es ist gar nicht verwunderlich, auf dem Stuhl daneben sitzt eine Frau über ihr Kind gebeugt, es ist sechs Jahre, es hat sich beim Spielen an einer Blechbüchse geritzt, ich wickle den weißen Verband herunter, der Finger ist rot und geschwollen, leblos und teigiges Stück Fleisch, wie für sich, den Arm hinauf ziehn feine, rote Streifen, feine blassrote Bänder, die schmalen Wangen sind gerötet, der Atem fliegt, die runden, braunen Augen glänzen fiebernd ins Weite.

»Werden Sie den Finger erhalten können, Herr Doktor, Sie meinten doch, wenn bis heute Nacht nicht das Fieber herunter –«

Eine Mutter ist wie geklammert an meine Worte, an mein Gesicht, steht da und vergeht, es ist wie ein Ringen, aber keine Träne kommt, ihre Standhaftigkeit ist wie eine Mauer und lässt nichts hindurch, ihre Tränen sickern nur nach innen, bis es ganz voll davon ist in der dunklen Höhle, und ihr Herz wird grau.

»Wie heißt er denn«, frage ich gedankenlos, um etwas zu sagen.

»Kurtchen, Sie wissen doch –«

Ach ja, Kurtchen! Ein runder, zärtlicher Name. Aber der Finger, das weiße, dicke Stück Fleisch: Auch das heißt Kurtchen? Gehört auch dazu? Aber Kurtchen wehrt sich dagegen, wehrt sich gegen sich selbst, ein Wall gegen sich selbst, alle Blutkörperchen eilen dahin, es kämpft in den Geweben, Kurtchen ist wie eine Landschaft, wie ein Schlachtfeld, es kämpft in ihm, er ist gar nicht mehr in seinem Finger, ist nicht mehr sein Finger, der ist schon ganz für sich, wenn man ihn nun abnimmt mit Messer und Säge, die Haut zurückzieht mit Gabeln, ihn herausschneidet und die Haut darüber vernäht, was liegt da nun für ein Finger im Eimer, bist du das auch, Kurtchen, gestern hast du das bewegt, damit gegriffen und gefühlt, gestern griff das mit vier andern zusammen nach der Hand der Mutter und war glücklich – wo hörst du denn auf, liegst da im Eimer und sitzt da im Bett, es geht auch ohne Finger, man kann dir auch den ganzen Arm abschneiden, beide Arme und beide Beine, wo bist du nun, Kurtchen, wo fängst du an und wo hörst du auf! Nun hast du keine Schmerzen mehr, die Schwester steht über deinen Kopf gebeugt und gießt etwas auf den weichen Flausch über dein Gesicht, du atmest und fühlst nichts mehr, dein Herz schlägt und fühlt nichts mehr, du lebst und weißt es nicht, und ich stehe neben dir und lebe nicht und glaube doch zu leben, ich stehe in meinem weißen Mantel, in mir und um mich fließt Blut, spritzt über weiße Laken und Gaze, es ist Blut von Menschen, es ist ein Teil ihres Lebens auf der Gaze, ich habe silberne Instrumente und klemme damit das Leben ab, im Eimer liegen Knochensplitter und Teile von Magen und Darm und Glieder, und in den Betten liegen Menschen, zu denen das gehört, und ich gehe zwischen all dem und atme, es atmet in mir, ich frage nach Fieber und Schmerz, ich betaste Körper und beuge mich über die Leiber, mein Ohr ist über ihrer Lunge und ihrem Herz, es schlägt ganz von selbst, und fühlen es nicht, sich selber nicht, ich höre, wie es atmet und schlägt, ich kann in sie hineinschauen, ich weiß den Rhythmus ihres Lebens, ich sehe die kleinen Bakterien am Werk, ich sitze an meinem Mikroskop und starre auf einen Fleck, ich schiebe an den Schrauben und sehe feine Muster und Maschen, Zellen in den Geweben, blaue und rote Punkte und Stäbchen, Bakterien, die von draußen kamen, und Blutkörperchen, die sie heraustreiben. Nebenan aber im Bett liegen sie und schlafen und wissen gar nicht, dass ich das von ihnen sehe, wovon sie selber nichts gewusst und niemals wissen werden.

Ach, alles Leben ist blind, ich weiß alles, ich sehe alles, allen helfe ich, nur mir selber nicht, unsere Augen gehn immer nach außen, aber innen ist eine dunkle Höhle, da sind wir drin und können uns niemals sehn.

Grete? Ja, es ist genug für heute, vielleicht aber stirbt nachts einer, hört das Klopfen auf in seiner Brust, und ich liege währenddes neben dir und umarme dich, mein Leben, mein Same strömt in dich ein, das Glück schmilzt uns ineinander, und während hier ein neues Leben beginnt, löscht da ein anderes, bleibt irgendwo, wohin niemand folgen kann.

»Du siehst müde aus«, sagt sie, »du hast Falten um deinen Mund, die ich sonst nicht kenne, du hättest erst ein paar Tage ruhn sollen und nicht gleich in die volle Arbeit gehn, es fasst dich härter an als sonst, es ist, als hätten sie alle nur auf deine Rückkehr gewartet, es gibt doch auch andere Ärzte –«

»Und du?«

»Ich bin glücklich, ich denke an nichts anderes als dich.«

»Aber Borges?«

»– ist fern.«

»Aber wenn er jetzt kommt?«

»Er kommt nicht, und selbst wenn –: Warum dich und mich quälen? Du weißt, ich liebe ihn nicht.«

»Und die ganze Zeit, während ich draußen war, im Graben lag, war niemand bei dir, immer allein, kein Mann, der dich begehrt?«

Sie bricht in Tränen aus.

»Ja, immer weinen, wenn ihr nicht weiter könnt –!«

»Du hast zu viel gearbeitet, du bist nur wieder überreizt –«

»Weil ich die Wahrheit sage –«

»Du weißt, es ist nicht die Wahrheit.«

»Du –«

»Schlag mich nicht, du weißt ja selbst, wie es ist.«

Sie zittert, sie hat den Kopf gebeugt, was will ich denn, warum redet das aus mir immer weiter, warum bin ich so, immer gegen mich, warum arbeite ich auch so viel, was gehn mich die Kranken an! Endlich einmal nicht arbeiten, das Leben feiern, dazu sind wir gemacht, dazu – haben wir uns gemacht!

»Frau Bussy Sandor –«

»Rasch die Tränen fort!«

»Wenn ich nun auch einmal eifersüchtig wäre –«, lächelt sie still und wischt mit dem weißen Tuch über die Augen.

Eine Unruhe ist in mir, eine seltsame Spannung, die ich nicht begreife, ich bin zur Tür gegangen, ich habe Grete fast vergessen, meine Schritte sind leicht und elastisch, ich fühle mich jung und elegant, aber zugleich schlägt mein Herz angstvoll, es reißt wie ein Stich in der Brust, da diese Frau nun hereintänzelt, mit kleinen, energischen Schritten, das schwarze, glatte Haar straff aus der weißen Stirn gerissen, den weißen Nacken kühl und gerade nach hinten geworfen, schwarze Wimpern, schwarze gerade Brauen, weißer Teint, durchsichtig wie Alabaster, und die Augen groß, dunkel und hart auf mich gerichtet; ich kenne diesen Blick, er befiehlt und bittet zugleich, er verführt und herrscht und scheint doch voll Demut. Wenn aber die Wimpern sinken und der Blick sich verschleiert, kommt ein feuchter Glanz in das Dunkel, das Weiß bekommt einen bläulichen Schimmer, die runden, schwarzen Pupillen fliehen unter die Lider, und der schmale Mund öffnet sich weich und purpurn, während der Nacken hingegeben zur Seite sinkt.

Jetzt aber ist ein Lächeln um diesen Mund, er ist hart und schmal und geschlossen, er zwingt sich gewaltsam zur Ruhe, in den Augen flackert es, die Linke hält krampfhaft ein Taschentuch und zerknüllt es erregt zwischen den weißen Fingern. Sie geht auf Grete zu, sie umarmt sie, und während die Wangen beider Frauen einen Augenblick aneinander, sieht sie über ihre Schulter hinweg, an ihr vorbei, hämisch mit einem triumphierenden und doch wie bittenden Lächeln mir gerade ins Gesicht.

Diese Frau ist furchtbar, geht es mir durch den Kopf, ich möchte jetzt lieber draußen sein, ihr nicht mehr begegnen, wer weiß warum, eine dumpfe Angst berührt mich plötzlich, sie soll Grete aus den Armen geben, ich darf die beiden nicht so zusammen lassen, da ist auch plötzlich wieder der Hund im Zimmer, fast liebe ich ihn jetzt, er schaut nicht auf mich, sondern geifernd auf jene, er meldet immer wie ein Gespenst, er hinkt, seine linke Pfote schleppt nach, sie ist hochgezogen und kürzer als die rechte, es klebt Blut daran, ich kann jetzt kein Blut sehn, es ist von der Nacht, fast tut er mir leid, warum muss er auch so wie ein Geist an der Tür stehn, er soll nur froh sein, dass ich ihn nicht erschossen, was schnuppert er immer, dies Parfüm, es ist wie sie, schwer und betäubend, es ist etwas Grausames darin, es geht einem ins Gehirn, das Blut beginnt zu kreisen, rote Nebel – da kann man wohl etwas vergessen, ganz hineinsinken muss man da, tun, was man nicht weiß: Verbrechen – Mord – Lust –

Sie reicht mir die Hand zum Kuss, ich beuge mich darüber, eine dunkle Welle steigt mir in die Schläfen, es liegt wie Blei auf meinem Hirn, ich beuge meinen Hals und spüre einen namenlosen Hass, aber wie mein Gesicht wieder hochtaucht, ist ein Lächeln darauf wie bei ihr:

»Sie waren lange fort, lieber Freund, die Zeit ist uns allen lang geworden«, ihre Stimme ist tief und weich wie ein Bett, als kostete die Lippe jedes Wort, ehe es gesagt.

»Ich war beschäftigt, der Krieg –«

»Ja, Sie waren ja solch ein Held, immer in vorderster Linie, im Kugelregen operiert, ohne Bedenken, die Pflicht, nicht wahr, das ist wichtiger als alles, der Tod, man kann ja öfter sterben –«

»Er war verwundet –«

»Verwundet?« Sie packt meinen Arm, all ihr Spott ist weg, alle Maske weg, alle Vorsicht vergessen, mit zwei Schritten ist sie bei mir, auf ihrem Gesicht steht nur Angst, nur Leidenschaft, nur Liebe. Es ist nur eine Sekunde, da hat sie sich wieder in der Gewalt, auf ihren Lippen ist wieder das liebenswürdig spöttische Lächeln, es ist nur noch ein leises Beben in der Stimme, sie wendet sich zu Grete, sie fasst sie unter den Arm:

»Sehn Sie, meine Liebe, so können Männer sein. Rücksichtslos und egoistisch. Nun aber haben Sie ihn wieder.«

Einen Augenblick nur blitzt sie mich an, es funkelt jetzt wie offener Hohn, es klingt wie eine Herausforderung, in diesem Augenblick hasse ich sie, ich muss an Borges denken, ich weiß nicht warum, was wollen alle Menschen von mir, drängen sich heran, belauern einen, greifen mit Armen an einen heran, ich will Ruhe haben, ich will nur ein wenig Glück, sie sollen alle gehn, ich will mit Grete allein sein, ich kenne niemanden, ich weiß nichts, ich will allein sein!

»Sie haben natürlich gleich mit der Arbeit begonnen, Sie haben viel zu tun, ich kann mir denken, und auch abends und nachts muss er fort, und Sie sitzen allein zu Hause und warten auf ihn, aber seien Sie sicher, er tut es nicht gern, alle Zeit, die er hat, wird er Ihnen widmen, so war es immer, und so wird es auch jetzt sein.«

»Wo sollte ich auch sonst bleiben, ist das nicht selbstverständlich?«

»Ja, das ist selbstverständlich.«

Ein böser Zug ist jetzt um ihre Lippen, sie tritt ganz nah neben mich, ihr Parfüm, der Duft von ihrer Haut ist betäubend, in der linken Braue flackert ein nervöses Zucken:

»Fürchten Sie nicht, Sie könnten Ihre Freunde so verlieren?«

Was will sie denn, womit droht sie?

»Unsere Freunde schätzen uns ja gerade deshalb«, sagt Grete, »glauben Sie, mein Mann hätte sonst diese große Praxis bekommen, wenn er sich nicht für seine Kranken opferte? Er tut seine Pflicht, ich tue die meine, indem ich zurückstehe und ihm so helfe, um dieser Pflicht willen liebe ich ihn, sein Beruf trägt eine Verantwortung, da muss alles andere schweigen, ich könnte es mir nicht anders denken, das sind Selbstverständlichkeiten.«

Mein Herz pocht, wovor fürchte ich mich, Grete hat recht, den Kranken helfen, natürlich, das Kind mit dem Finger, die andern, das sind Selbstverständlichkeiten, aber ich bin unsicher geworden, etwas krampft sich in mir zusammen, mein Gehirn ist müde und wie zerschlagen, ich kann mich kaum aufrecht halten, mir ist nicht wohl:

»Vielleicht gehen wir irgendwohin gemeinsam essen, es war doch etwas viel heute, man muss sich daran gewöhnen, vielleicht in ein Restaurant oder –«

»Du siehst elend aus, ist dir etwas nicht gelungen?«

»Doch, doch.«

»Kommen Sie doch ins Theater oder in die Oper! Licht, Musik, Menschen, in meiner Loge ist Platz für uns alle.«

Blinzelt sie mir zu?

»Die dummen Komödianten, in ihrem verlogenen Rampenlicht! Hampeln einen Abend lang in ihren erträumten Rollen herum, da haben sie ihre Schicksale und sind wichtig und spielen sich selbst was vor, und zu Hause sind sie doch nur arme Lumpen und haben ihre dürftige Not und ihre dürftigen Gefühle wie Kuchenbäcker.«

»Bleiben wir zu Hause«, sage ich, »es ist schon alles gut.«

»Was ist dir, hat dich etwas verstimmt? Magst du gern hin, komme ich natürlich mit, Frau Bussys Anerbieten –«

»Er fürchtet sich vielleicht vor den vielen Menschen. Ein anderer Vorschlag: Gehn wir zur Sternwarte und schauen uns die Sterne an. Es ist da einsam – und dunkel«, fügt sie flüsternd hinzu, ihr Handrücken hat wie zufällig den meinen berührt, es ist wie ein Streicheln, oder bilde ich es mir nur ein, habe es vielleicht selbst gewollt, selbst getan? Ich blicke ihr scheu ins Gesicht, es ist kalt und unbeweglich.

»Ein entzückender Einfall«, freut sich Grete, »wirklich einmal etwas Neues, lassen Sie sich umarmen dafür, das habe ich schon immer einmal sehn wollen, und du auch, nicht, oder wir fragen dich gar nicht erst.«

Sie ist plötzlich ganz hell und jung wie ein Kind, sie geht hinaus, ihr Kopf ist hoch aufgerichtet, die ganze Gestalt, das Haar, es ist wie ein Tanz, wie liebe ich sie jetzt, gibt es eine Frau wie sie!

Jemand packt mich von hinten am Arm, heiß und hart, es ist wie der dünne Greif eines Raubvogels, Bussys Gesicht ist dicht neben meinem, ihre Wangen glühn, die Augen funkeln in verhaltenem Glanz.

»Warum hast du auf meine beiden Briefe nicht geantwortet«, presst sie gehetzt heraus, »und wozu die dumme Komödie mit dem Fortgehn! Was brauchen wir sie dabei! Ich will dich allein bei mir haben, ganz allein! Morgen kommst du, morgen Nachmittag, du –«

Ihre Arme sind an meiner Brust, schlingen sich um meinen Nacken, ihre Lippen, ich bin ganz wahnsinnig, »liebst du mich nicht mehr«, zischt sie heraus, »reuig zurückgekehrt, ja?, zu der da?«

Warum reiße ich mich nicht aus diesen Armen? Warum schleudre ich sie nicht zurück? Warum verbrenne ich an diesem Kuss, wo diese Frau, wo doch Grete –

Sie hat mich losgelassen, ich stehe wieder allein, Grete hat ihren Hut und den schwarzen Mantel, sie lächelt noch immer, es ist ein kleines Grübchen da an der linken

Wange, ich presse den keuchenden Atem in die Brust herunter, ich bin ganz betäubt:

»Warum lächelst du denn?«, fragt Grete heiter, »ihr macht ja beide Gesichter, als hättet ihr eine Überraschung im Sinn?«

Eine Überraschung, ja, das ist komisch, man darf nichts verraten, was rede ich denn, hat sie es ihr gesagt, ich kann gar nicht denken, das Parfüm ist jetzt auf meiner Jacke, morgen werde ich es bei der Operation riechen, aber es ist widerlich, vielleicht bin ich selbst narkotisiert, ein anderer ist der Arzt, und ich erleide alles, alles geht über mich weg, während ich doch auf der Welle schwimmen will, auf dem Ozean, ganz frei, ganz frei –

»Der Mantel steht Ihnen prächtig«, sagt da Bussy und hat den Arm um Gretes Nacken, ihre Stimme ist wie zusammengeduckt, der Rücken gekrümmt, sie ist wie eine schwarze Katze.

Unten auf der Straße steht Borges, wo kommt er her, hat er hier die ganze Zeit gestanden, er scheint uns nicht erwartet zu haben, sein Gesicht blickt wie fiebernd zum Fenster hinauf, es ist gespenstisch weiß, ist es das flackernde Licht der Laternen, der Kopf steckt zwischen den hochgezogenen Schultern, die Lippen sind ganz schmal und zusammengepresst, der ganze Körper ist wie zusammengesunken. Jetzt hat er uns bemerkt, er schreckt zusammen, in der Schulter zuckt es wie Krampf, er richtet sich hoch, auf seinem Gesicht ist ein schüchternes, fast kindliches Lächeln, er verbeugt sich vor Grete, er küsst ihr linkisch die Hand, er begrüßt auch uns.

»Wo kommen Sie denn so plötzlich her«, tölpelt Bussy ihn an, »Sie sehn ja aus wie ein Mondsüchtiger!«

»Ich – der Abend – ich wollte noch – die Luft ist jetzt mild und erfrischend.«

»Kommen Sie doch mit uns mit«, und sieht mich listig an, »wir sind drei, zu vier geht sich besser. Wir marschieren zu den Sternen.«

»Wenn ich darf –«

Bussy drängt sich an mich heran, ich verstehe das Manöver, sie will ihn für Grete, sie will mich abdrängen von ihr, sie will neben mir sein, sie will im Dunkeln meine Hand halten, sie will ihren Kopf neigen, etwas nach links, ich werde in ihre Augen sehen, ihr Haar wird meine Wange berühren, ich will nicht!!

»Gnädige Frau«, sagt da Borges und reicht ihr den Arm, sie muss ihn nehmen, sie ist wütend.

Borges? Was will Borges mit Bussy? Eine Falle? Was kann ihm Bussy sein? Und Grete? Sie steht allein, sie sieht mich wie hilfeflehend an, ich bin bei ihr, ich vergesse alles, ich ergreife ihren Arm, wir gehen, ohne uns umzublicken.

»Siehst du«, sagt sie glücklich, »er wollte gar nicht mit mir gehn, er vermeidet es, es ist fast, als hätte er Furcht vor mir.«

»Er liebt dich«, sage ich und drücke fest ihren Arm gegen den meinen, »er geht jetzt mit Bussy hinter uns, um deinen Gang zu sehn. Fühlst du nicht seine Augen auf deinem Rücken?«

»Was geht das mich an?«

Ich bin sehr glücklich, wir gehn durch die nächtlichen

Straßen, und sie hängt an meinem Arm, es kommen Menschen vorbei, manche grüßen, freuen sich seltsam, wenn sie mich sehn, sie werden mich wohl kennen, vielleicht meinen sie auch einen anderen, was tut es.

»Siehst du, keiner hat dich vergessen«, sagt Grete.

Nein, ich vergesse auch nichts, was einmal in einem ist, das bleibt wohl irgendwo, es ist ja gleichgültig, die haben mich einmal gesehn, also kennen sie mich, da ist nichts Besonderes dabei, es ist so schön, so zu gehn, es ist ganz gleich, ob die beiden hinter uns sind, sie sind ja beide wie zwei Hunde, es ist sehr zum Lachen, aber da ist ja Nero, wahrhaftig Nero, wo kommt der denn her. »Hast du ihn denn nicht eingesperrt, Grete?«

»Vielleicht hat Mutter ihn herausgelassen, es macht ja nichts.«

Mutter? Nein, es macht nichts, es ist jetzt alles gleichgültig, wir laufen rasch, dass die andern uns nicht einholen, der Hund springt bellend neben uns her, auch er scheint glücklich, wir sind schon am Bahnhof, wir nehmen uns Karten und sind schon die Treppe hinauf, es geht gerade der richtige Zug, wir sind im Coupé, wir fahren, der Hund ist mit uns, Borges und die Sandor werden zehn Minuten warten müssen, hurra, der auf der andern Bank schaut uns so merkwürdig an, ja, wir sind ein Liebespaar, und wenn ich will, kann ich jetzt Grete nehmen und küssen, wenn ich will, da kann er ruhig sein Gesicht machen, ich nehme Gretes Hand und sage es ihr ins Ohr, sie errötet, sie ist so schön, wenn sie rot wird, sie lacht mich ganz hell an mit ihren glücklichen Augen, der Hund hat seine Schnauze ihr in den Schoß gelegt und die Augen geschlossen, sie hat einen Arm in dem meinen, die andere Hand streichelt über das Fell des Tieres, meinetwegen, es ist ja ein armes Vieh, ich will es auch streicheln, aber es knurrt gleich, zu dumm, und geht nun auch von Grete weg, schüttelt sich, legt sich allein in den staubigen Winkel unter die Bank, den Kopf auf den Pfoten, und schaut mich an, es ist solche Traurigkeit in seinem Blick, als wenn es weint, können denn Hunde weinen?

Der Zug hält, wir sind da, wir müssten wohl auf die beiden warten, Bussy wird wütend sein, ob sie jetzt Borges auch so von der Seite ansieht, es wird Borges sehr gleichgültig sein, auch ihr Parfüm, es ist nicht los zu werden, ich werde mir morgen einen andern Rock anziehn müssen. Nicht wahr, Grete, wir warten nicht, sie werden den Weg auch ohne uns wissen, sie können ja schließlich fragen, Borges versteht sich ja aufs Auskundschaften, haha, wie wenig Laternen hier sind, es ist recht dunkel, Nero hat die Schnauze am Boden und trottet mit gesenktem Schwanz lautlos hinter uns, wie still es in den Bäumen ist, es ist wohl spät, was ist denn Zeit, es gibt gar keine Zeit, unsere Schritte gehn ganz gleichmäßig, sie sind in der Stille wie für sich, da gehn nun unsere Füße nebeneinander, meine großen Schuhe und ihre kleinen, und das sind wir beide, wie es hallt, wir beide allein mitten im Raum, immer weiter, man merkt es schon gar nicht mehr, die Füße gehn ganz von selber, wie das Herz, klopft von selbst, bis es aufhört, von selbst, auf der andern Seite kommt jetzt ein Schritt entgegen, er geht ganz langsam und ruhig, das ist ein Mensch, der ruhig ist, ein

Herz, das ruhig ist, so müsste man auch sein, jetzt ist er auf unserer Höhe, er raucht eine Zigarre, man sieht das rote Fünkchen, alles andere ist nur ein schwarzer Schatten, wo geht der Schatten hin so allein, hat er niemanden, der neben ihm geht, so wie meiner, ich habe jemanden, ja, die schönste Frau, und sie liebt mich, und wir sind glücklich, jetzt verhallt der Schritt, nur noch unsere beiden.

Nun sind wir da, oben die Kuppel des Observatoriums ist halb offen und dreht sich lautlos auf ihren Schienen, die Röhre schaut unheimlich wie eine Riesenkanone in die Nacht, am wolkenlosen Himmel blitzt Stern neben Stern. Wir treten ein, ein alter Mann kommt uns entgegen, er hat weißes Haar und weißen Bart, seine Augen sind eisgrau, er spricht leise und flüsternd, unsere Füße gehn hart und hallend über Zement, wir sagen dem Alten, dass wir noch warten wollen, er scheint uns nicht zu hören, er ist taub, er hat wohl so lange da oben hineingelauscht, nun hört er nichts mehr, er steigt unbekümmert um uns seine Stufen hinauf, er setzt sich an das Instrument und beginnt, an den Schrauben zu drehen, seine Hand ist zwerghaft klein und dunkelbraun, die blauen Adern ziehn sich hindurch wie durch altes Holz, zusammengekauert sitzt er mit dürrem, vorgestrecktem Hals wie ein uralter Vogel auf seinem Stuhl, seine Augen sind schon Millionen von Meilen weg, nur sein Körper sitzt noch da, hängt klein und gebrechlich am Fernrohr und scheint wie leblos, ab und zu nur erschüttert ihn ein Husten, dann krampft er sich zusammen, wird blau und zappelt hin und her, aber Kopf und

Auge bleiben ruhig und festgebannt am Rohr, gibt nicht nach, weiß gar nichts von dem, ist draußen, weit draußen. Nun beginnt er zu murmeln, es ist schwer zu verstehn, er hat nur noch ein paar braune Zähne, warum soll man sich um Zähne kümmern, ich achte genau auf seine Lippen, sie sagen »Lichtjahre – Planetenbahnen – Heliumgas«, sie scheinen diese Worte zu tasten, sie scheinen nur wie Tropfen, die abfallen, von dem, was draußen mitschwingt.

»Er sieht ja aus wie ein Ziegenbock«, sagt Bussy kichernd und weist mit den Augen auf den Alten.

Ich habe ihr Kommen gar nicht bemerkt, wie lange sind wir schon hier, sie scheint böse mit mir und sieht mich nicht an, sie ist erregt, ihre Nasenflügel atmen auf und ab, sie geht taktlos und laut von einem Gegenstand zum andern, macht über alles Bemerkungen, fasst alles an, dreht an allen Schrauben. Borges ist immer neben ihr, er scheint Grete völlig vergessen zu haben, lacht laut und ungezwungen über Bussys Dummheiten. Endlich sind sie fertig.

»Wo sind denn nun die Sterne, das sind doch alles nur dumme Maschinen, die niemand begreift!«

Sie steht neben dem Mann oben am Okular, der kleine Körper da hat nichts von ihr bemerkt, nicht ihre Augen, nicht ihre weichen Glieder, nicht ihr Parfüm, es ist eine Stille im Raum, die selbst sie betroffen macht, niemand wagt zu atmen, es ist etwas Heiliges in dieser modrigen Luft, einen Augenblick zögert sie, sieht starr auf den alten gebrechlichen Mann, tippt dann verlegen auf den gekrümmten Rücken und sagt, etwas unsicher:

»Sie, Herr Professor, Sie kennen das doch nun schon sicher hundert Jahre, nun lassen Sie doch auch einmal einen andern da heran!«

Langsam löst der Alte sich von seinem Instrument, schaut sie verständnislos an, sein Blick ist noch in der Weite, bei Nebelsternen noch und endlosen Räumen.

»Ja, ja«, sagt er und nickt mechanisch mit dem alten Kopf, »ja, ja, doch drei Billionen, doch drei!«

Wir gehen nacheinander die Stufen hinauf, mir klopft das Herz, Bussy sitzt schon auf dem Stuhl, schlägt die Beine übereinander, dass der Rock sich bis zum Knie schiebt, ihre Heiterkeit scheint unbezwingbar, sie nennt den Saturn ein Wagenrad und den Sirius gut für eine Schlipsnadel, ihr Mund geht unaufhörlich, sie will alle Sterne sehn, endlich hat sie genug, rutscht von ihrem Stuhl herunter, dass ihr das grüne Strumpfband herausschaut, macht mit einer graziösen Bewegung Borges Platz, der dankt, der kennt das schon, interessiert sich nicht dafür, überlässt das den Wissenschaftlern, endlich ist Grete oben, sie ist ein wenig ungeschickt, verwirrt, sie kann sich zunächst nicht zurechtfinden, kann nichts sehn, dann aber beginnt das Gesicht zu strahlen, »wie schön«, sagt sie schlicht und innig, sie sieht aus wie eine stille Madonna, es ist fast etwas wie eine Frömmigkeit in ihren Zügen, dann steht sie auf, klammert ihre Linke an meinen Rock und: »Schau nur, Hans, das musst du sehn!« Ja, nun trete ich selbst heran, aber gerade wie ich mich setze und biege den Kopf zu dem Instrument und blicke hinaus in den unendlichen Raum, kommt eine Stimme von draußen, aus dem weiten, leeren Weltraum, eine einsame, jammernde Seele, die klagt, die mich ruft und keine Ruhe findet. Entsetzen fasst mich, es ist grauenhaft, da aus der Kälte, mein Herz krampft sich zusammen, ein eisiges Gefühl stockt in den Adern, vielleicht höre ich es nur in mir, aber nun ist es ein deutliches, herzzerbrechendes Weinen, wie bei einem Kind, ein Toter, der weint, ich selber, der weint, es flimmert mir vor den Augen, ich sehe grüne und rote Kreise, eine große, grüne und goldne Scheibe zittert im Glas, ist es in meinem Gehirn oder eine ferne Sonne, ich glaube der Sirius, es sind vielleicht Wesen da, etwas von mir ist nun da weit, ein Teil von mir, das ich da jetzt sehe, damals waren hier noch die alten Ägypter, da war ich noch gar nicht auf der Welt, ich sehe die Vergangenheit, ich sehe sie mit meinen Augen, das Licht hat so lange gebraucht, um hierherzukommen, vielleicht ist es in Wirklichkeit schon erloschen, man weiß es nicht, so ein Strahl bin ich auch, vielleicht bin ich schon tot da draußen und rufe durch den kalten Raum mir selber zu und höre mich nun selbst und sehe mich selbst und bin vielleicht gar nicht da –

Das Jammern, das entsetzliche Jammern – nun ist es still.

»Gottlob«, sagt Gretes Stimme gleichzeitig neben mir, »nun hört es endlich auf, das dumme Vieh, das ist aber nun doch das letzte Mal, dass es mitkommt.«

»Wer denn? Der Hund?«, sage ich, und meine Zähne schlagen wie im Fieber aufeinander.

»Hast du ihn denn nicht gehört: Kaum saßest du am Instrument, wer hat sich vorher um ihn bekümmert, er lag ja ganz ruhig irgendwo in der Ecke, sprang er auf, immer schnuppernd um das Instrument herum, und begann so erbärmlich zu winseln und zu heulen –«

»Doch, ich habe es auch gehört, ich habe es auch gehört«, sagte ich mit bleichen Lippen, »er hat vielleicht etwas gerochen, irgend etwas, lass ihn nur, und jetzt gehn wir heim.«

Schweigend gehn wir den Weg zurück, Bussy und Borges sind schwatzend ein Stück voraus, auch Grete schweigt, sie fühlt, dass ich leide, sie blickt mich manchmal, ohne dass ich es merken soll, besorgt von der Seite an, dann drückt sie meinen Arm fester, sie fragt nicht, ich bin ihr dankbar dafür. Der Hund läuft voraus, immer bis zu Borges und Bussy und wieder zurück, wohl hundertmal, die Zunge hängt ihm heraus, endlich sind wir an der Haustür, wir verabschieden uns:

»Morgen um vier«, flüstert mir Bussy zu, sie schaut mich nur ein einziges Mal an, in ihren Augen flammt ein Abgrund. Ich habe sie rasch vergessen, ich gehe in mein Zimmer. »Willst du nicht schlafen, es ist sehr spät«, sagt Grete, »ja, sehr spät«, wiederholte ich gedankenlos. »Ich will noch einmal zu dem Kind herein!« – »Jetzt, mitten in der Nacht?« Da stehe ich schon am Bett, ich nehme den kleinen Schläfer heraus, ich nehme seine kleinen Händchen, ich streichle die Füßchen, ich küsse es leise auf die Augen, lege es ins Bettchen zurück, ziehe sorgfältig die Decke hoch, drehe mich um, will etwas sagen und – stürze plötzlich Grete fassungslos zu Füßen.

»Um Gotteswillen, was ist dir denn geschehn, Liebling«, ruft sie atemlos und will mich hochziehen, ich aber umfasse den geliebten Leib, umschlinge ihre Knie, berge den Kopf in die Falten ihres Kleides und schluchze:

»Auch so ein Kind von dir, auch solch ein Kind von dir und mir – niemals, niemals!«

Sie zieht mich hoch, sie nimmt mich auf ihren Schoß wie ein Kind, sie streichelt leise über mein Haar, ihre staunenden Augen sind groß und tiefernst und fragend in den meinen, ihre Lippen bewegen sich, aber kein Wort kommt heraus. In dieser Nacht schliefen wir nicht mehr. – –

Ich träume: Ich sitze zusammengeduckt in einem runden Rohr, damit niemand mich sieht, es ist ein Fernrohr, ich halte es selbst in der Hand, verkehrt, da sehe ich mich am andern Ende klein und fern, ich drehe an der Schraube, da wird das Gesicht näher und deutlicher, es ist aber nicht ich, sondern ein anderer, so drehe ich immer hin und her, und immer wechselt das Gesicht. Dann ist Grete darin, aber auch sie wächst immer ferner. Plötzlich sitzt Borges neben mir im Rohr, wir würfeln, es geht um Grete und Bussy, er setzt seine Schlipsnadel und das ist Saturn, und ich dagegen meinen Kopf, das ist Sirius. Da geht das Rohr los, ich habe immer geargwöhnt, dass es eigentlich eine Kanone ist und eines Tages losgehn müsste, es ist wohl Borges, der Pulver hineingetan hat, mich fasst eine namenlose Wut, wir wirbeln draußen im Weltraum, er immer ein paar Lichtjahre mir voraus und auch Grete und Bussy, jeder ganz weit und rund und glänzend, und in der Mitte eine Sonne, die bin ich selbst, ich strecke voll Sehnsucht meine Hände danach aus und kann mich doch nicht erreichen. Endlich aber am Ende ist der Hund, er sperrt ganz groß seinen Rachen auf, ich nehme Sirius und will nach ihm werfen und treffe Borges, der taumelt, und nun fliegen wir alle hinein, hinein in den Rachen, Bussy und Borges und Grete, Sirius, Saturn und ich, es wird ganz dunkel, und die Tränen laufen wie goldene Tropfen aus des Tieres Augen über die runde schwarze Erde. –

Ich erwache, ich blicke neben mich, da liegt Grete, die blauen Augensterne bewegungslos zur Decke, das Gesicht tränennass, ich küsse sie ganz leise auf die Stirn, sie schlingt beide Arme um mich, voll solcher Leidenschaft, dass ich fast vergehe.

»Hans, Hansi«, sagt sie meinem heißen Ohr, »nun glaubst du auch das nicht, nun glaubst du mir nicht einmal unser Kind, was soll ich denn tun, es ist wie eine Krankheit in dir, warum quälst du mich so, du warst immer eifersüchtig, aber nun, dass du nun auch an dem Kinde zweifelst – die ganze Nacht habe ich mit mir gerungen, wie kann ich dir denn meine Liebe beweisen, wie kann ich es denn, wenn du mir nicht glaubst, wenn – ich kann ja nicht mehr.«

Schluchzen erstickt ihre Stimme.

»Es ist ja nicht das, du verstehst mich nicht«, sage ich außer mir, »ich kann es dir nicht sagen.«

»Was gibt es, das du mir nicht sagen kannst, du verheimlichst mir etwas, ich weiß, aber wenn du eine andere mehr liebst als mich, dann sage es mir doch, dann sprich doch nur, und wenn ich daran zerbreche, ich will ja alles für dich tun, ich will alles ertragen, ich will ja nur, dass du glücklich bist, weil ich dich so liebe, so liebe.«

Ach, mir ist elend, ich halte diese Qual nicht aus, wenn ich doch sprechen könnte, wenn ich doch tot wäre:

»Nein, ich liebe niemanden als dich, du sollst über nichts nachdenken und nur nicht zweifeln, es ist alles gut, gewiss, es wird alles wieder werden, habe nur Geduld mit mir, nur ein wenig Geduld!«

Ich gehe hinaus, was kann ich denn noch tun, es nützt ja alles nichts.

Draußen ist die Mutter.

»Wo ist Grete«, fragt sie und blickt mich von der Seite an, ihre schmalen, faltigen Lippen liegen übereinander und zittern kraftlos hin und her.

»Im Bett, sie kommt wohl noch, ihr ist nicht recht wohl.«

»Dann setz dich so lange her, zu deiner alten Mutter, wenn es dich nicht langweilt. Und schieb mir den Stuhl heran, wir können ja zusammen frühstücken, ich kann allein nicht recht sehn.«

»Ja – Mutter.«

Ich rücke ihr den Stuhl heran und setze mich selber an den Tisch, ich schiebe ihr die Tasse hin und gieße ihr den Kaffee ein, ich weiß nicht, was ich reden soll, ich beginne zu essen, auch sie nimmt sich von den Semmeln, bricht sie mit dürren Fingern auseinander, die Brille beugt sich schräg zu der Tasse, Stück um Stück bröselt sie die Brocken in das bittere Getränk, nimmt dann von dem Zucker drei Stück, wie widerlich süß das schmecken muss, denke ich, und wie unappetitlich die Finger sind, wie abgekaut die Nägel, und dann: Es ist meine Mutter, ich muss mit ihr sprechen, aber was soll ich ihr sagen?

»Das Brot ist so hart, meine Zähne können da gar nicht zubeißen«, mummelt sie vor sich hin, »der Bäcker ist nicht mehr gut, war früher viel besser, man muss einen anderen nehmen.«

»Ja«, fasse ich da zu, »das werde ich schon machen, es ist nur eine halbe Stunde zu lange im Ofen gewesen, auch ist es nicht genügend durchgewalkt, siehst du, hier ist solch eine Stelle, lass mich nur machen, ich gehe gleich, da hat nur der Lehrling nicht ordentlich aufgepasst.«

»Du, was verstehst denn du davon. Du redest ja so, als hättest du dein Leben lang nichts anderes getan als Semmeln gebacken.«

Sie schüttelt sich vor Lachen, ein Brosame ist wohl in ihre Kehle geraten, sie beginnt zu husten, ein hässliches, hartes Husten, sie wird ganz blau, krümmt sich über den Teller, ich springe erschrocken auf, mir ist ganz seltsam, ich bin rot geworden bis zur Stirne, so ein Brot, so ein Brosame kann einen wohl zu Tode bringen, was gehn mich denn die Semmeln an, woher sollte ich denn auch etwas davon verstehn, ich als Arzt, bei Magenkranken wäre es wohl wichtig, man sollte kochen lernen, alle Ärzte, neue Speisen erfinden, vielleicht kann man das Laboratorium erweitern, Kenntnisse sind immer gut, die Beschaffenheit von Teigwaren, wie die Magendrüsen auf Mehlsorten reagieren –

Sie hat sich beruhigt inzwischen, sie sitzt wieder über ihrem Kaffee und murmelt Unverständliches vor sich hin, was geht das mich an, ich habe keine Zeit mehr, ich muss arbeiten, meine Pflicht tun, »darum liebe ich ihn«, sagt Grete, arbeiten, arbeiten, was gibt es sonst!

Auf meinem Schreibtisch liegt Post, Briefe von andern Ärzten, Briefe von Kranken, die meinen Rat wollen, von Freunden, von wissenschaftlichen Vereinen, vom Gericht, was habe ich mit dem Gericht zu schaffen, es ist ein großes, graues Kuvert, es ist ein kleines Paket dabei, eine kleine Holzschachtel, ich öffne sie zuerst, es ist ein Röhrchen darin, gepackt auf Watte, ich öffne das Siegel, es sind Knorpel und Haut, wohl Menschenhaut, ein Kehlkopf, Vertiefungen auf der Haut, ein Biss, eine Wunde: Ich reiße den Brief auf, ich soll es untersuchen, ein Gutachten für das Gericht, ein Mord, eine Magd hat ihrem Dienstherrn die Kehle durchgebissen, im Bett, was es für Dinge gibt, weil der sie vergewaltigt, sie hat Geld haben wollen für ihre Mutter, die ist in Not, der Dienstherr hat es vorher versprochen und nun geweigert, wo er erreicht, was er gewollt: Da beißt sie ihm die Kehle durch. Oder es ist ein Hund gewesen, ein Hund soll auch dabei gewesen sein, man kennt ihn nicht, die Frau vom Absteigequartier hat ihn ins Zimmer springen sehn, gerade zur Zeit der Tat, vielleicht ist das Mädchen unschuldig, vielleicht ist es ein Hundebiss, und das Blut ist das Blut des Hundes, nicht Menschenblut, man kann ja feststellen, gewiss, sie hätten mir das Präparat auch etwas früher schicken können, um zwölf ist die Verhandlung, jetzt noch die Operation, der Blinddarm, um vier soll ich zu Bussy, ach Bussy, dies wahnsinnige Weib, sie reizt einen aufs Blut, immer wieder, ich sollte eigentlich nicht hingehn, es ist Borges, der das Schriftstück unterzeichnet hat, er führt die Anklage, natürlich, ein widerlicher Beruf, aber wenn es Mord ist, das ist rasch untersucht, das Mikroskop, ein kleiner Ausstrich aufs Glas, die Blutkörperchen werden gefärbt, die weißen mit den blauen Kernen, die roten, natürlich ist das von einem Menschen, es wird wohl ein Mord sein, es ist ein Mord, und jetzt zur Operation!

Er liegt schon angeschnallt auf dem weißen Tisch, die Handgelenke in Fesseln, über den Beinen ein breiter Riemen, er schläft schon, der Körper wirft sich noch einmal hoch, die Muskeln spannen sich im Krampf, das Gesicht unter der weißen Maske ist rot und gedunsen, die Schwester zieht ihm das linke Lid hoch und tippt ihm mit der Fingerkuppe ins Auge, er zuckt nur noch ganz wenig, ist das noch ein Mensch, jetzt lässt die Spannung nach, die Atmung wird tiefer, die Lunge bläst die Luft heraus wie ein, er schläft, wo ist er jetzt, er weiß nicht mehr, dass er lebt, man könnte ihn immer so weiterschlafen lassen, bis er tot wäre, warum fällt mir das jetzt ein, ich hasse diese Blinddarmoperationen, er wird vielleicht auch so gesund, es hat sich schon öfter gezeigt, dass es auch ohne Operation geht, man sollte überhaupt niemanden operieren, alle Menschen sollen sterben, wenn sie sterben, nicht mit dem Messer herein, die Haut zertrennen, mitten in den Leib. Jetzt bin ich fertig mit Waschen, meine Hände sind rein, es sind keine Bakterien mehr darauf, immer schleppt man die in Milliarden mit sich herum, überall hat man so Feinde und weiß nichts davon, und die leben auch, haben auch ein Recht, nicht mehr oder weniger als wir, man sollte überhaupt nichts mehr tun, es gibt keine Schuld, überall, wo man zugreift und sich rührt, steht gleich Schuld, ist gleich Unrecht und Mord, Borges versteht das nicht, kann das nicht verstehn, solch ein Mensch wird das nie begreifen, da ist immer nur Schuld oder Nichtschuld, einer ist tot, also muss einer schuldig sein, es gibt aber Dinge – was geht er mich an!

Ich habe Gummischuhe an den Füßen, eine Gummischürze um den Leib, darüber ist ein steriler weißer Mantel, ich nehme ihn mit roten, weggespreizten Händen, damit ich ihn nicht berühre, ich habe dünne, sterile Handschuhe und eine sterile, runde, weiße Mütze auf dem Kopf, der Äther dampft mir süß und ätzend in die Augen, ich sehe aus wie ein Bäcker, wir sind alle Bäcker mit den Mützen, der Kuchen ist jetzt gar, und man schneidet zur Probe hinein, da springt eine Luftblase, nein, es ist ein Blutgefäß, es spritzt hoch wie ein kleiner, roter Springbrunnen, es sind lauter kleine, rote Tüpfelchen auf dem weißen Laken, wie kleine rote Erdbeeren auf weißer Sahnetorte, das sind lächerliche Vergleiche, man muss es zuklemmen, sonst blutet es immer weiter, und sein Leben rinnt da heraus, und wieder ist einer tot, einer an Blinddarmentzündung gestorben, ziehn Sie nur mit der Gabel die Muskulatur zurück, man muss Platz haben, da ist schon das Bauchfell, es ist ganz fein und geht immer hin und her, da ist doch noch Gefühl, immer da, ein Teil fühlt mehr als der andere, man muss sich den Bauch aufmachen, um das zu wissen, er muss mehr Narkose haben, er erinnert sich, dass er lebt, es ist ein Mensch, der da liegt, der Körper will sich hochbäumen, nun schläft er schon wieder, und da ist der Darm, es ist etwas trübe Flüssigkeit da, der Blinddarm, der kleine

Wurmfortsatz, man muss ihn abbrennen, mit dem Glüheisen in den lebenden Leib, nun ist er draußen, er ist rot und entzündet, ein kleines, graues Geschwür an der Wand, lassen Sie ihn aufwachen, machen Sie nur die letzten Nähte allein, da hat man nun solch ein Ding im Leib, es ist ganz unnötig, es hat gar keine Funktion mehr, es ist nur übrig geblieben von unserem Vorfahr Tier, sinnlos vererbt und mitgenommen aus der Kette, nicht Vater und Mutter sind unsere Eltern, nicht ihr Blut nur, es sind alle Tiere in uns, alle Pflanzen, alle sprechen sie mit in uns, reden ihre dumpfe Sprache, als Embryo haben wir noch alle ihre Formen, atmen mit Kiemen, sind Fisch und Reptil und Tier, die ganze Schöpfung ist in uns, wir tun dann irgend etwas, wir bewegen uns, aber wir sind nur das letzte Resultat, die Summe aller, wo hören wir nun auf, wir sind alle Brüder, wir sind alle eins, es gibt keine Schuld, weil wir gar nicht wir selber sind, da ist unsere Ewigkeit, es gibt keine als diese, wir brauchen keinen Himmel, wir sind immer da, wir waren immer da, wir sind in allen Menschen und in allen Dingen und in aller Welt.

Es ist schon halb zwölf, man muss sich anziehen, ich möchte noch einmal zu Grete, aber es ist schon zu spät, ich muss mir einen schwarzen Rock anziehn, das Gericht ist streng, es ist alles dunkel und erbarmungslos, man steht da und bricht den Stab über fremde Menschen und fremde Schicksale, was so ein armes Mädel zum Mord treibt, das ist zu verstehn, wahrscheinlich ist dieser reiche Ehrenmann ein Lump, immer ist der Mann schuldig, und die Frau muss büßen, und die Kleine hat es für ihre Mutter getan, aus Not, sie wird auch schon ihr Vergnügen dabei gehabt haben, für jede Not gibt es schließlich Vereine, ein Bruder war auch da, ein Schmied oder Bäcker, sicher kein Bäcker, der ist gefallen im Feld, hätte vielleicht helfen können, arbeiten, es hätte keine Not gegeben, ein Mensch wäre lebendig geblieben, eine Frau ohne Schuld. Wie sie aussehn mag, sicher solch schwarzer Blutracker mit prallen roten Lippen und frecher Stirn, es wird gar nicht der Erste gewesen sein, dem sie sich gegeben, wahrscheinlich ist das Ganze nur eine sentimentale Komödie, die Mitleid erwecken soll, ausgedacht, um das Gericht milder zu stimmen, Unschuld und arme Mutter und Not, der Bruder Ernährer im Feld gefallen: Das ist nur eine Hure, der er nicht genug bezahlt hat, da sind sie im Streit, und sie drückt ihm die Kehle zu. Schließlich, was geht das mich an, ich habe meine Pflicht zu tun, meine Aussage, es ist Menschenblut, jawohl meine Herren, und damit fertig.

Es regnet, es ist ein fahles Licht am Himmel, das Auto federt durch den Tiergarten, über den Großen Stern, zur Brücke, an der Ecke steht ein Mädchen, es ist blond und trägt eine weiße Bluse, es schaut lächelnd zu mir in den Wagen hinein und errötet, irgendein fremder Mensch, sie will über den Damm, das Auto peitscht durch eine Pfütze, der gelbe Lehm spritzt ihr über die dünnen Strümpfe, etwas brennt in mir hoch, ich will den Chauffeur bitten, langsamer zu fahren, meine Stimme zittert, eine seltsame Unruhe ist in mir, warum bin ich so erregt, ich drehe mich zurück und will entschuldigend grüßen und sehe nur noch das herabgebeugte Gesicht und die Hände, die krampfhaft das helle Kleid in die Höhe zerren.

Der Wagen hält am Kriminalgericht, ich bin nervös und empfindlich, ich steige aus, ich irre über Korridore und Treppen, es stehn einzelne Menschen herum und dunkle Gruppen, keiner wagt laut zu sprechen, es ist das Haus des Schicksals, ich zeige einem Gerichtsdiener meinen Zettel, er weist mich gähnend in einen Quergang, ich lese die Zahlen über den Sälen, ich bin selbst sehr müde, es wird hoffentlich nicht lange dauern, ich mache meine Aussage und bin wieder heim, ja heim, ein schönes, seltsames Wort, hat ein Mensch eine Heimat?

Ich sitze auf meinem Platz, das Publikum drängt sich eng auf den Bänken, was wollen sie alle, es ist doch nur Neugier, Borges steht schon an seinem Pult, sein Gesicht ist rot, er sieht mich nicht, er liest eifrig in den Akten, ich bin viel zu früh gekommen, ich hätte lieber zu Fuß gehen sollen, als mit dem Auto fremde Menschen anzuspritzen, oder doch noch zu Grete, es ist ja gerade so, als hätte das Ganze für mich eine Wichtigkeit, und ist doch nur wegen eines gemeinen tierischen Verbrechens, ich bin Arzt und nicht Jurist, der Anwalt drüben mit seinem Kneifer sieht auch nicht sehr intelligent aus, wenn er jetzt Zeit hat, mit anderen zu reden und sich Witze zu erzählen, so nimmt er die Sache wohl nicht sehr ernst, er ist das gewohnt, aber gibt es das, wenn man einen Menschen vom Tode befreien soll oder vom Zuchthaus, solch ein Mädchen – da kommt schon der Gerichtshof, er sitzt endlich, es ist immer der alte Formelkram, die Angeklagte –, ich kann nicht genau sehn, das Regenwetter, die

Bank da oben ist halbdunkel, man brauchte ihr auch nicht gleich zwei Polizisten mitzugeben, das Publikum reckt die Hälse wie im Zirkus, ein Mensch ist ein Mensch, wenn er eine Tat, ein Verbrechen begangen, sieht er immer noch aus wie ein Mensch, gar nicht anders als andere, jetzt spricht sie, Name? »Emma Bettuch«, natürlich ist sie blond, Emma Bettuch, Bettuch, Bettuch?! Sie lachen im Publikum, natürlich, sie sollen nicht lachen, es ist ein ehrlicher Name, es ist nichts Komisches dabei, immer, immer dieses Lächeln, immer Kichern, man sollte die Lumpen schlagen! Emma? Sicher sagen sie Emmchen zu ihr, Emmchen? Ich muss sie sehn, was ist das für eine Stimme, wer ist das, Bettuch?

Ich bin aufgestanden, hinter mir ruft einer »sitzen bleiben«, natürlich, es ist ja kein Zirkus, ich werde noch lange warten müssen mit meiner Aussage, Mutter sitzt vielleicht immer noch am Kaffeetisch, Mutter? ich werde weit reisen müssen, auch Grete darf nicht mitkommen, das ist traurig, wie weich die Stimme des Mädchens ist, und wie traurig, das ist keine Verbrecherin, niemals, das ist ein armer Mensch, ein kranker, der in meine Fürsorge müsste, ich sollte aufstehn und sie mitnehmen, ich habe ein Anrecht darauf, nur ich verstehe das, ich bin Arzt, man soll sie in Ruhe lassen, wir sind alle Brüder und Schwestern, wir sind alle gleich schuld und gleich unschuldig, ich will zu ihr, sie ist ja doch ein Kind, was hat man ihr getan!

Nun spricht sie, ganz leise, als wenn sie sich auf die Zehen stellt und mir ganz zärtlich etwas ins Ohr flüstert, Vater ist gestorben, schon früh, ach ja, und Mutter ist krank, Mutter ist krank?! Sehr krank, was fehlt ihr, sie sagt es nicht, sie spricht immer von dem Bruder, der Bäcker war und die Familie ernährte und ins Feld ging und starb, am letzten Tage noch, sie hatten alles vorbereitet für seine Heimkehr, sie haben einen großen Kuchen gebacken, der kleine frühere Lehrling hat ihn gemacht, aus Gerstenmehl und Rosinen, der ungeschickte Bengel, das kann ja nichts Ordentliches werden, die Mutter hat ihren Stuhl ans Fenster rücken lassen und immer hinausgeschaut, man hat alles frisch rein gemacht und Tannen gestreut und einen großen Kranz geflochten, das Bett oben ist für ihn frisch bezogen, sie hat zur Überraschung ganz weiße Laken kaufen müssen, Mutter hat ihre letzten Ersparnisse hergegeben, wenn der Bruder kommt, wird ja gleich wieder Geld im Hause sein, er wird die Bäckerei gleich wieder übernehmen, Semmeln braucht man immer, essen muss jeder, es ist ein sicherer Verdienst, und es ist nur einmal Heimkehr, so viel Kameraden sind gefallen, so viel verzweifelte Familien, und sie nur empfangen ihren Helden, ihren Retter.

Es wurde Abend, und er kam nicht, er hat vielleicht nicht mehr den regelmäßigen Zug bekommen, es war ja alles so überfüllt, es gab ja wohl keine Ordnung mehr, die Revolution kam so plötzlich, da sind alle Bande fort, alle Ruhe fort, jeder wollte heim, man musste eben warten. »Zur Sache, bitte«, sagt der Vorsitzende, ist das denn nicht die Sache, ist das nicht –. Sie ist einen Augenblick verwirrt, ihre Stimme wird noch schüchterner, noch kleiner, flattert umher wie ein armer verirrter Vogel, was soll sie denn erzählen, es ist doch das Wichtigste, er kam doch nicht, sie saßen noch vier Tage so, die Blumen standen ganz welk, die Mutter blieb ganz starr, sie konnte es nicht glauben, ihr Gesicht wurde grau, aber keine Träne lief über die Wangen, alle kamen nach Haus, nur Wilhelm nicht, Wilhelm, Wilhelm Bettuch blieb verschollen, es hatte ihn niemand fallen sehn, Kameraden kamen und wussten nichts, Emmchen stand durch Stunden auf den Behörden, sie wussten nichts, die Mutter rückte den Stuhl vom Fenster wieder zurück, sie weinte nicht, aber Emmchen hörte nachts ein Stöhnen, das war wie von einem »zerbrochenen Gefäß«, wie kommt sie zu dem Ausdruck, ihr Bruder hat ihn immer gesagt! Nun kann die Mutter kaum mehr aus dem Bett, sie ist herzkrank, es hat sich in diesen Tagen durch die Aufregung, durch die stille Verzweiflung sehr verschlimmert, Emmchen muss arbeiten, sich eine Stellung suchen, Geld schaffen, wo hat sie das nötig gehabt früher, die Mutter sträubt sich dagegen, es hilft ja doch nichts, sollen sie denn verhungern, es muss ja sein, aber sie hat nichts gelernt, sie ist immer nur zu Hause gewesen, hat der Mutter geholfen und sich hübsch gemacht für den Bruder, den hat sie zärtlich geliebt wie niemanden, sie hat noch sein Bild, es steht immer auf ihrem Nachttisch, nun steckt sie es in die Bluse, wie das Bild eines Geliebten, lächelt sie?, und küsst die Mutter zum Abschied, es würgt ihr in der Kehle, sie hat ja keine Arznei mehr, sie hat keinen Pfennig im Haus, es muss Geld geschafft werden, auf sie allein kommt es nun an, sie irrt lange umher, alle Stellen sind ja besetzt, die Männer, die zurückkommen aus dem Feld, es ist nichts zu finden, endlich fährt sie nach Berlin, sie liest eine Annonce, als Dienstmagd auf ein Gut bei Friedrichshagen, eine Dienstmagd, aber es muss sein, die feinen Hände werden rau werden und rot, es muss sein, man wird ihr roh befehlen, vielleicht sie schlagen, ganz gleich, nur Geld, Geld, man muss einen Arzt haben, wenn die Mutter stirbt, es ist nicht auszudenken, es ist teuer, Medikamente, feine Nahrung, ach, sie will alles tun, sie ist schon draußen, der Gutsherr sieht sie an mit einem Blick, sie hätte ihm hineinschlagen wollen ins Gesicht: Geld, er ist klein, hat dicke Arme, dicke fleischige Hände, rötliches Haar und einen brutalen Mund, er schielt, er mustert sie von unten nach oben: nur Geld, die Frau fährt sie gleich hart an, sie ist alt und dürr und hat ein paar große Brillanten im Ohr, sie macht sich über ihr Kleidchen lustig, sie muss nun eine grobe Schürze tragen, gut, dass sie der Bruder nicht mehr so sieht, sie muss dem Pferdeknecht helfen, den Mist aus dem Stall tragen, das steht nicht in ihrem Kontrakt, sie ist empört, sie beschwert sich bei dem Mann, die Frau will sie fast schlagen, sie schluckt alles herunter, Geld, Geld, Geld, der Mann, der Herr schaut sie immer seltsamer an, im Garten, an einem Mittag, die Frau ist fortgegangen, nimmt er sie um den Leib, sie entwindet sich ihm, nun gibt es keine Ruhe mehr, die Frau kommt dahinter, ahnt etwas, wird eifersüchtig, jetzt ist es die Hölle, sie beginnt sie zu hassen, es wird immer schwerer, eines Abends fährt der Herr nach Berlin, sie soll mitkommen, schnell sich fertig machen, sie, die Magd mit ihm, vielleicht will er etwas einkaufen, und sie soll es tragen, so sind sie in Berlin, er nimmt für sie beide ein Auto, wo geht es hin, es ist eine Seitengasse, eine kleine dunkle Straße, sie weiß den Namen nicht mehr, unten am Haus ist eine Klingel, was ist das für ein Haus, soll sie unten warten, nein, sie soll mit herauf, sie zögert, sie weiß nicht, was sie tun soll, ihr Herz klopft voll Angst, plötzlich ist ein Hund da, kommt ein großer brauner Bernhardiner vorbei, mit einem weißen Fleck auf der Stirn, »komm«, sagt der Mann, »was schaust du so nach dem Tier«, sie weiß selbst nicht warum, der Hund beginnt zu bellen, zu winseln, kriecht ganz dicht an sie heran, schnuppert und saugt aufgeregt die Luft ein, will weiter und kommt wieder zurück, springt auf den Mann zu und fletscht die Zähne, oder es scheint nur so, unten steht eine Frau, sie ist nicht mehr jung, ihr Gesicht ist ganz verdorrt unter Schminke und rosa Puder, sie winkt ihm einzutreten, sie scheint ihn zu kennen, er schlägt voll Wut über das Zögern mit der Hand nach dem Tier und zieht sie hinein, das geschminkte Weib knickst ergeben und lächelt breit, es geht eine halbdunkle Treppe hoch, ihr wird entsetzlich angst, es ist ein enges Zimmer, ein Bett steht da, es ist dumpfige Luft, »komm«, sagt er, seine Nasenflügel beginnen zu zittern, er streckt seine dicken Arme nach ihr aus, sie will sich wehren, sie will schreien, da drückt er seine wulstigen Lippen auf ihr Ohr und flüstert ihr zu: Es ist ja nicht umsonst, du sollst ein Goldstück haben, jedes Mal, ich kaufe dir ein Kleidchen und Schuhe und was du willst, wenn es zu wenig ist und du bist recht lieb, gibt es auch zwei, dann bist du reich, und nachher heiratest du einen schönen Mann, so schön wie mich, haha! Sie erstickt fast, ein Schwindel fasst sie, zwei Goldstücke jedes Mal, ein einziges genügt ja schon für den Arzt, die Mutter wird wieder gesund werden, es wird ja nicht lange dauern, es wird alles wieder gut, sie wird dann zurückkehren nach Hause, Geld, Geld, Mutter, es wird alles gut. Sie ist halb ohnmächtig, er reißt ihr die Kleider vom Leib, er wälzt sich über sie – »haben Sie sich gewehrt«, fragt der Vorsitzende, wie soll sie denn, »es ist ja wohl ein Ohnmachtszustand, Herr Vorsitzender«, fahre ich dazwischen, meine Stimme ist heiser und rau, ich bin aufgestanden, ich weiß nicht warum. »Ich protestiere dagegen, dass der Herr Sachverständige dazwischenspricht, das ist Sache des Anwalts«, sagte Borges. Ja, gewiss, aber wenn der schweigt, wenn der nichts sagt, das ist etwas Ärztliches:

»Es ist ein ärztlicher Einwand, meine Herren –«

»Ich protestiere«, kräht Borges, er ist rot wie ein Truthahn und schlägt mit der Faust auf den Tisch, der Vorsitzende fährt mild mit der Hand durch die Luft.

»Die Angeklagte hat das Wort«, aber nun ist sie außer Fassung, ihre Stimme schwankt, sie beginnt zu schluchzen, sie weiß nicht, was nun geschah, er wollte plötzlich sein Versprechen nicht mehr halten, er war plötzlich ganz kühl und legte sich auf die andere Seite, er hatte das Seine, und nun war es gut, er lag da wie ein Vieh, es war alles umsonst, alle Hingebung umsonst, alle Opfer, er hatte sie getäuscht, belogen, sie war beschmutzt, entehrt, es gab kein Geld, die beiden Goldstücke, es gab nur Not, Mutter würde sterben, es war alles zu Ende, und er war schuld, ihre Jungfernschaft, es war ja nicht aus Liebe, es war um Geld, sie war zur Dirne geworden, durch ihn, den dicken, roten Leib, der da lag, es fasste sie ein maßloser Hass, sie hasste sich selbst, sie hasste ihn, es begann ihr vor den Augen zu schwimmen, sie wusste nicht mehr, was geschah, plötzlich war der Hund im Zimmer –

Sie spricht nicht weiter, auf keine Vorhaltung, auf kein Zureden, sie schweigt hartnäckig, sie sitzt nur da und weint ganz leise vor sich hin, ihr Gesicht verzieht sich, die Lippen beben, sie sieht jetzt aus wie ein geschlagenes Kind, sie scheint nichts mehr zu hören, sieht nur ein Bild vor dem inneren Auge, eine Tat und einen Toten, davor verstummt sie, da nun alles vorbei, was ist da zu sagen, was gehen sie die Richter an!

»Es beginnt Ihnen vor den Augen zu schwimmen, Sie fühlen einen maßlosen Hass, da kommt gerade der Hund, es ist doch auffallend –«, sagt der Vorsitzende, was ist da auffallend, »Sie behaupten also, dass nicht Sie, sondern dieser mystische Hund dem Mann neben Ihnen an die Kehle gesprungen, was ist das für ein Hund, dem Untersuchungsrichter haben Sie gesagt, Sie kennten ihn nicht, es habe plötzlich vor der Tür einen Lärm gegeben, die Türklinke sei heruntergestoßen, nun?«

Nein, sie schweigt, nein, sie sagt kein Wort mehr, hört sie überhaupt noch, weiß sie, wo sie ist?

Nun kommen die Zeugen, die dicke Kupplerin, in einem grünen Kleid, wie ein Papagei, sie hat den fetten quellenden Leib in ein Korsett gespannt, sie hat schwarze, kugelrunde Augen und in die Stirn gebrannte Löckchen, sie spricht sehr rasch und aufgeregt, sie lispelt, der Speichel fließt ihr über die wulstigen Lippen, in *ihrem* Haus, dass so etwas geschehen kann, es ist ein anständiges Haus, bei ihr verkehren nur feine Herren, der Herr Polizeirat kann es bestätigen, sie ist eine anständige Frau, sie lässt sich nichts Schlechtes nachsagen, den Herrn Rittergutsbesitzer hat sie gut gekannt, er war oft da, wenn er noch lebte, würde er ihr nur das beste Zeugnis ausgestellt haben, nun ist er auf so schreckliche Weise tot, ach Gott, der Arme!

Sie schnäuzt sich umständlich, im Publikum hört man Lachen, der Vorsitzende rückt unruhig auf seinem Platz hin und her, endlich hat sie sich beruhigt, das Weibsstück da habe den guten Herrn erwürgt, sie habe es selbst gesehen, wie denn, war denn der Hund nicht da, selbst gesehen? – ach, der Hund, doch, so genau könne sie das doch nicht sagen, wie der Hund gekommen, unten an der Tür, immer an dem Mädchen herumgeschnüffelt, sie wisse gar nicht, was das für ein Hund sei, ein brauner, wolliger Bernhardiner mit einem weißen Fleck auf der Stirn, wie der Herr Rittergutsbesitzer unten die Tür zugeschlagen, habe er auf der Straße gestanden, sei nicht weggegangen, immer hinaufgeschaut nach dem Fenster oben, immer hin und her gerannt und gebellt, die Leute seien schon auf der Straße stehen geblieben, da habe sie Angst gehabt und die Haustür aufgemacht, und der Hund hinein, und die Treppe ist er hinaufgejagt, gerade in die Stube hinein, wo die beiden – nun ja, sie sei gleich hinterdrein, da ist die Tür schon offen gewesen, der Hund läuft ihr gerade in den Weg und hinaus, und oben liegt der Herr Gutsbesitzer ganz nackt im Bett, blau und mit durchbissener Kehle, sie hat sehr schreien müssen und sehr geweint, ein so guter Herr, und das Weibsstück saß im Hemd daneben, ohne sich zu rühren, sie hat ihn umgebracht, hat sie immer angesehen, ganz wild und heiß, da hat sie Angst bekommen und ist zur Polizei gelaufen, da gibt es kein Fackeln!

Sie darf abtreten, sie nickt majestätisch mit dem Kopf, sie verbeugt sich, blickt triumphierend um sich und rauscht hinaus, es ist einen Augenblick Stille, dann sagt der Vorsitzende:

»Es hat offenbar ein Kampf stattgefunden zwischen dem Opfer und seinem Mörder, man hat Blutspuren gefunden, an der Bissstelle und auf der Diele neben dem Bett: Die Frage ist, was ist das für ein Blut, stammt es von dem Hund oder von dem Ermordeten? Ist es wirklich Hundeblut, was mehr als unwahrscheinlich, wie diese ganze Hundegeschichte ja wohl nur ein zufälliger Nebenumstand, so würde sich allerdings ergeben, dass der Hund verletzt, also tatsächlich ein Kampf mit ihm stattgefunden hat, und das Tier dem Mann aus unbekannten Gründen die Kehle durchbissen hat. Der Herr Sachverständige hat das Wort.«

Ich stehe auf, ich trete vor den Richtertisch, ich habe plötzlich das Gefühl, als wenn ich nicht selber ginge, der Tisch schiebt sich mir entgegen, die Worte laufen mir entgegen, ich will etwas ganz anderes sagen, mein Mund, meine Lippen bewegen sich von selbst, wie gegen meinen Willen und meine Stimme sagt:

»Hundeblut, meine Herren, die Untersuchung ergibt Hundeblut.«

Die Wirkung dieser Worte ist ungeheuer, das Publikum erhebt sich von den Bänken, erregte Zurufe werden laut, auf der Geschworenenbank steckt man die verdutzten Köpfe zusammen, die Erregung ist allgemein.

»Ist der Herr Sachverständige sich darüber klar, dass er seine Aussage wird zu beeiden haben«, schreit Borges mit überschnappender Stimme in den Lärm.

»Ich mache Sie auf Ihre Pflicht und die Bedeutung Ihrer Aussage aufmerksam«, fügt der Vorsitzende hinzu, »es hängt vielleicht der Ausgang des ganzen Prozesses davon ab!«

»Ich weiß es«, sagt die Stimme in mir.

»Ich bitte, vor der Vereidigung den Herrn Sachverständigen zu fragen«, trumpft Borges auf, »ob er zu der Angeklagten vielleicht in irgendwelchen Beziehungen steht, es ist immerhin möglich, bei der Wichtigkeit der Frage, ich würde seine Glaubwürdigkeit sonst anzweifeln.«

»Ich bin nur als Arzt hier«, sagt meine Stimme, »ich gebe ein Gutachten ab, Persönliches geht mich nichts an.«

»Ich habe Grund, die Glaubwürdigkeit des Herrn Sachverständigen und seine Pflichtauffassung anzuzweifeln, ich beantrage, einen anderen Sachverständigen hinzuzuziehen und diesen wegen Befangenheit abzulehnen.«

Ich stürze gegen ihn vor, das Blut strömt mir ins Hirn, ich vergesse, wo ich bin:

»Dieser Herr«, stottere ich heraus, »dieser Herr wagt es, mich hier anzugreifen; dieser Herr hat sich als mein Freund in meine Familie eingeschlichen, er hat beteuert, mein Freund zu sein, er hat –«

»Das gehört nicht hierher, Herr Doktor –«

»Er sitzt mir auf den Fersen, er will nachweisen –«

»Ich bitte um Gerichtsbeschluss«, sagt der Anwalt.

Die Geschworenen ziehen sich zur Beratung zurück, es ist eine kleine Pause, was ist mit mir, ich zerschlage die Scheibe, ich zertrete das Glas, das zwischen ihm ist und mir, ich hasse ihn, wenn er mir begegnet, ich schlage ihn über den Schädel, ich lasse mir nichts entreißen, auch das nicht, auch das Mädchen nicht, es geht mich nichts an, ich tue meine Pflicht, meine Pflicht?! Wie immer meine Pflicht?!

Einen Augenblick schwanke ich, mir ist sehr elend, vor meinen Augen beginnt alles zu tanzen, es ist keine Zeit zum Nachdenken, der Gerichtshof sitzt schon wieder auf seinem Platz, der Antrag des Staatsanwalts ist abgelehnt, man verzichtet auf einen anderen Sachverständigen, der Vorsitzende betont, das Gericht habe zu der anerkannten Autorität meiner Person und meiner Rechtschaffenheit volles Vertrauen, ich trete vor zur Vereidigung, wie hasse ich ihn, es ist um Grete oder um das Mädchen, es ist alles sehr verwirrt, ich lege den Finger aufs Kreuz, wer, ich, ich, meine Hand geht in die Höhe, es ist nicht meine Hand, ich kann sie abschlagen und in den Eimer werfen, sie ist ganz für sich, die Worte, meine Lippen ganz für sich, ich, ich weiß nicht, wer da spricht, es ist eine atemlose Stille im Saal, ich höre sie, und ich höre meine Worte, wie sie einzeln heraustropfen aus meinem Mund, und ich sehe mich selber stehn, ganz allein, wie im Grab, eine Stimme aus dem Grab, ein Schwur aus dem Grab, ich bin wie neben mir, es ist alles im Nebel.

Ich weiß nichts mehr, Borges spricht noch lange, und der Anwalt erwidert ihm, der Gerichtshof verschwindet wieder, es ist ein Gemurmel im Saal, dann kommen sie zurück, der Vorsitzende hält eine kurze Ansprache, es ist alles gut, das Mädchen ist frei, sie geht schwankend hinaus, Emmchen, im Vorbeigleiten sehe ich ihre Züge, sie blickt mich an, sieht sie mich, mich, mich selbst? Ihr Gesicht ist bleich, schneeweiß und wie tot, wo geht sie hin, ach, ihr folgen, sie ist frei, durch mich, ein Mensch ist durch mich *frei*, was habe ich getan, ich möchte lächeln, aber mein Gesicht ist hart und wie erstarrt, ich kann es nicht mehr bewegen.

Endlich raffe ich mich zusammen, Borges kommt an mir vorbei, sein Blick ist aus Eisen, sein Kopf zwischen die Schultern geklemmt wie ein böser Vogel, ich merke ihn kaum, ich gehe durch die halbdunklen Gänge, die Treppen hinab, ich fühle mich einsam, mein Körper ist schwer wie aus Stein, ich ersticke fast, ich kann nichts mehr denken, eine Müdigkeit ohnegleichen ist über mir, was ist das für ein Leben, nun bin ich auf der Straße, ich gehe heim, wer weiß wohin, plötzlich bricht es wie ein grelles Licht ins Dunkle: Da ist ja – der Hund, ein brauner Bernhardiner mit einem weißen Fleck auf der Stirn, das ist Nero, wartet drüben auf der anderen Seite der Straße, kommt aufbellend auf mich zu, quer über den Damm, der Hund, das ist ja – wie ist es möglich, was will er von dem Mädchen, schnuppert, hat etwas an ihr gerochen, wer, was – niemand darf ihn sehn, es ist ja sonst alles zu Ende, Abgrund, in den wir stürzen, alle, alle, fort, rasch, laufen, um die Ecke, über den Platz, durch die Straßen, das Tier immer hinterher, mit Riesensprüngen, atemlos, die Zunge heraus, nun durch den Tiergarten, Leute bleiben verwundert stehn, ein Schutzmann dreht sich um, ich sehe nichts mehr, ich denke nichts mehr, ich laufe nur ganz blind, immer weiter, zu irgendeinem Ziel, zu irgendeinem Haus, ich bin vor einer Tür, ich stürze eine Treppe hinauf, ich bin oben, Grete, ich bin in ihren Armen.

»Dass du da bist, ich war so unruhig, und auch der Hund ist wieder weg, immer läuft er weg, auch als du im Feld warst, einmal einen ganzen Tag, nun werden wir wieder lange suchen müssen.«

»Er kommt wohl bald, er ist wohl schon wieder da.«

»Soll ich ihn einsperren, hat er dich wieder beißen wollen?«

»Nein, nein.«

»Ist etwas geschehn? Er darf nie wieder heraus.«

»Nichts. Hat er Blut im Maul? Schließlich ist auch alles gleich.«

»Ist das Mädchen freigesprochen?«

»Ja.«

»Du hast mitgeholfen dazu?«

»Ja.«

»Bist du nicht froh darüber?«

»Doch.«

»Aber dein Gesicht, es ist etwas in dir, die ganze Zeit –«

Warum fragt sie, sie soll nicht fragen, niemand soll fragen, ich will endlich Ruhe haben, ich will irgendwo in der Welt still liegen können, ich möchte die Augen schließen und tot sein und unten in der Erde liegen, es ist ein seltsamer Tag, ist es nicht gerade ein Jahr, dass ich heimkam, was ist geschehen seitdem, alles ist gegen mich, alles zieht an mir, immer ist mir einer auf den Fersen, ich bin umlauert und umstellt, ich komme nicht zur Ruhe, es will nicht stimmen, ich bin eine Asche im Wind, ich bin ein Flüchtling vor mir selbst, ich habe ein Ziel irgendwohin, mein Schwerpunkt ist außer mir, ich greife immerzu, aber die Hände bleiben leer, ich kann mich nicht verwurzeln, ich bleibe immer unsicher, ich gehe durch die Menschen, und sie sind mir seltsam und fremd: Wo, wo sind die Hände, die mich endlich halten, wo der Grund, zu dem ich mein Leben hinablasse, ich schwimme auf dem Meer, ich schwimme auf der Welle, aber in der Tiefe ist mein Anker, im blauen Dunkel liege ich fest, und oben, oben tanze ich im Licht.

»Hansi«, sagt eine Stimme neben mir, und das Blau schaut mich an aus zwei Augen, überwältigt in Liebe, »Hansi«, und legt ganz leise und zart ihren Arm um meinen Hals, »ich möchte dich etwas fragen, es ist so schwer, wenn du die Augen schließt und so dasitzt für dich, als wäre ich gar nicht neben dir, aber es muss nun sein, ich kann es nicht mehr allein tragen, man kann es mit Trauer nicht, aber ein Glück, siehst du, ein Glück, etwas wie dieses – warum hast du damals gesagt, niemals würde ich mehr ein Kind von dir haben, und jetzt, jetzt ist es doch so weit, dass ich – ich trage doch jetzt – ein Kind von dir –«– –

Ich höre einen Ton, ist da Musik, eine Stimme kommt und sagt etwas, ich fasse nichts, ich begreife nichts, es kann ja nicht sein, es ist ja gar nicht möglich, es ist ja

Wahnsinn, ich ersticke, ich möchte schreien, ich habe ein Kind, von ihr, in ihr, ich ein Kind, ich ein Kind, ich ein Kind – – Grete!!

»Was ist dir denn, du erschreckst mich, du hast ja ein Gesicht – freust du dich denn nicht?«

Das kann Liebe, ich, nun ein Mensch, das, das, da hinüber, das kann Liebe, über den Abgrund, da hinüber –

»Grete!«

»Du –«, jubelt sie, ihre Stimme schwankt und lacht und bricht und springt wie meine, »so lass mich doch los, deine Arme, ich kann ja nicht atmen, was hast du für Kräfte, ich ersticke ja – –«

»Ewig, ewig«, stammle ich erschüttert, ich küsse sie auf die Lippen, während ein Strom von Tränen gewaltsam aus den Augen bricht, nun ist alles gut, doch noch die Sonne, doch noch ein Glück, nun hat alles ein Ende, nun kann nichts mehr geschehn, sie hat die Brücke geschlagen, mitten durch alles, stärker als alles, nun bin ich eingeschlossen in die Kette der Lebenden, nun kann nichts mehr geschehn?!

Ich reiße sie noch einmal krampfhaft in meine Arme, Augen fragen hart und brennend in die ihren, sie biegt den Kopf zurück, sie blickt mich an, tief und ernst, ihre Lippen sind ihre Antwort.

Nun beginnt das Leben. Liebe überwindet das Leben, es ist alles gut, es ist alles gut. –

Sie ist nun müde, sie muss sich hinlegen, ja, es war wohl etwas viel, ich trage sie auf das Sofa, sie wehrt sich, es ist ein rührendes Lächeln auf ihren Lippen, sie will nicht schlafen, ich streichle über ihr Haar, ich lege die

Hand über ihre Lider, endlich gibt sie nach, schläft sie?, ich ziehe ganz leise meine Hand zurück, ich sitze neben ihr, auch ich schließe die Augen, ich bin glücklich, in meinem Ohr singt eine Melodie, ich komme nicht darauf, was es ist, die Zeit rinnt, rinnt unhörbar, man muss jede Sekunde halten, die große Uhr tickt und tickt, jetzt holt sie zum Schlage aus, wie spät ist es, es sind vier dunkle Schläge, vier Schläge, ich zähle sie mechanisch mit, es ist nur wie ganz draußen, dann sickert es langsam in mich hinein, etwas beginnt zu brennen, ja, es ist vier Uhr, sollte ich nicht etwas tun, Bussy, ich muss zu ihr gehn, habe ich es nicht versprochen, es ist wie eine Ewigkeit und war doch erst gestern, was geht sie mich jetzt an, hier ist mein Platz, aber sie wird warten, sie hat sich geputzt und die Locken hochgesteckt, ihre Augen schauen jetzt vielleicht schon zum Fenster, ganz dunkel und voll Sehnsucht, ihre Lippen, und der Kopf ist etwas zur Seite gebeugt, wie hasse ich sie, man sollte sie wegschleudern wie Schmutz, war sie auch bei dem Prozess, das ist ja ganz gleich, es ist alles gleich, mein Platz ist hier, mein heiliger Altar, hier in diesem Leib bin ich schon, wachse ich, aus ihr und mir, man trägt milliardenfach sich in sich selber, und eins davon wächst nun in ihrem Schoß und wird ein Mensch, ein anderer Mensch, aber doch etwas, das ich war, ist nun ein anderer, und ich selber bin so, aus zwei anderen, man sollte knien, man sollte vor jeder schwangeren Frau den Kopf entblößen, so nah, so sichtbar ist alles Wunder, wir brauchen keinen Himmel, Gott war und ist immer auf Erden, das Himmelreich ist immer auf Erden. Nun muss ich gehn, zum letzten Mal, ich werde Nero mitnehmen, ich bin gleich wieder da, wenn sie aufwacht, bin ich wieder da, sie wird mein Fortgehn gar nicht bemerken.

Ich küsse sie in Gedanken auf die Stirn, auf Augen und Hände, ich zögere hinauszugehn, mein Herz beginnt wieder zu klopfen, warum ist wieder alle Unruhe da, wenn ich zurück bin, wird alles wieder gut sein, ich taste mich auf Zehenspitzen über die Diele, ich öffne leise die Tür, ich blicke mich noch einmal um, ich präge mir dies Bild der Schlafenden tief in die Seele, lächelt sie nicht, eine Sehnsucht ist in mir, plötzlich ein unsäglicher Schmerz, ich möchte noch einmal zurück, ich möchte bleiben, endlich reiße ich mich los, schließe die Tür, mache den Hund frei und bin draußen.

Der Regen hat jetzt aufgehört, auf einzelnen Pfützen spiegelt sich ein helles Licht, ich gehe am Kanal entlang, es ist eine laue Luft, auf dem Wasser schwimmen junge Enten, sie haben noch fast die Form des Eies, die Federchen stehen struppig gelb, grau und braun in die Luft, sie piepen ganz hell um die gravitätisch einhertreibende Mutter, rudern mit kleinen Füßchen in dem großen schmutzigen Wasser, stecken die Schnäbelchen hinein, fangen sich irgendetwas und sind guter Dinge, ein breiter Kahn trudelt von der Brücke her ihnen entgegen, ein Mann stemmt mit langem Ruder gegen den Grund und schiebt ihn vorwärts, sein Gesicht glüht rot in der Sonne, hinten am Steuer steht eine junge Frau, sie hat ein blaues Kopftuch um ihr blondes Haar, sie ruft dem Mann etwas zu, aus dem kleinen Schornstein der Kajüte steigt ein feiner, blauer Rauch, die Entchen schrecken nach links, woher wissen sie das, woher können sie das, ich muss an meine Amöbe im Laboratorium denken, sie hat einen Leib, der sieht, hört, frisst, friert, zeugt und sich bewegt, es ist alles zusammen, es sind keine Augen, keine Ohren, keine Haut, kein Mund und kein Herz, es ist alles zusammen, es ist alles in sich geschlossen, es ist bewegtes Leben, so müsste man sein, so bin ich wohl, aber die andern, nicht einmal die Frauen, nur Grete, daher kann sie das alles, daher überwindet sie alles, sie lebt und lacht und weint und liebt, jetzt liegt sie auf ihrem Sofa und träumt, ich muss mich beeilen, was stehe ich denn hier, rasch, dass ich heimkomme, ich will ihr einen großen Strauß Blumen bringen, Blumen sind auch so, leben in Farben und Duft, dann kommt der Wind und schaukelt den Samen durch die Luft, und irgendwo fällt er nieder, und da blühen sie weiter.

Ich gehe jetzt rasch, ich habe nun keine Zeit mehr, ich überquere den Lützowplatz, an der Ecke ist ein Blumenladen, ich gehe hinein, ich kaufe drei große Feuerlilien, sie sind in meiner Hand wie drei blutige Speere, ich bin an der Untergrundbahn, ich gehe durch die steintoten Straßen Schönebergs, an einem Haus in der Prager Straße bleibe ich stehn, ich kenne das Haus nicht, der Hund kriecht mit eingezogenem Schwanz die Treppen voran, an jedem Absatz dreht er sich nach mir um, in seiner Haltung liegt etwas Lauerndes, Hämisches, vielleicht bilde ich es mir auch nur ein, vor der Tür im zweiten Stock hält er still und wedelt mit dem Schweif, ich klingle, ein Mädchen öffnet, ich bin im Vorraum, sie sieht den Hund, ihr Gesicht wird verlegen:

»Der Hund, soll der nicht vielleicht lieber draußen warten?«

»Nein, er kommt herein.«

Meine Stimme ist gereizt, was geht es den Dienstboten an, wo der Hund bleibt, wenn er etwas beschmutzt, soll sie es reinigen, dazu ist sie da, sie will sich die Arbeit sparen, andere müssen auch arbeiten, schwer und ungerecht, das Leben ist so, dem Knecht den Mist aus dem Stall tragen, die Frau ist eifersüchtig, und der Mann fährt mit ihr in die Stadt, in eine dunkle Gasse, er fragt nicht viel und wirft sie aufs Bett.

Arbeiten oder verhungern, Geld oder verhungern. Man sollte dem allem nachgehn, ein Mensch ist frei, aber was macht er dann mit seiner Freiheit? Ist nun alles gut?

»Später konntest du nicht kommen«, sagt Bussy schmollend, mit bösem Mäulchen, »aber wenigstens hast du mich doch nicht ganz vergessen und doch noch ein wenig an mich gedacht.«

Sie greift nach den Lilien, ich habe sie mechanisch, gedankenlos in der Hand behalten, ich habe sie doch nicht dazu – es war doch etwas ganz anderes, was wollte ich denn damit?

»Was ist denn, willst du sie mir nicht hergeben, du hältst sie ja in der Hand wie für die Ewigkeit«, fragt sie erstaunt.

»Doch, doch, ich wollte nur, ich – suche nur nach einem geeigneten Gefäß, einer Vase –«

»Gib nur, die finde ich schon selbst, oder hole die von nebenan aus dem Schlafzimmer, die kristallene mit dem silbernen Fuß, du hast ja hoffentlich noch nicht alles vergessen, aber sei vorsichtig, ich setze inzwischen den Tee auf, du wirst ja wohl welchen mögen, obwohl ich natürlich mit Gretes nicht wetteifern kann.«

Mir ist unbehaglich zumute, ein Schatten kriecht mir über die Seele, ich gebe ihr die Blumen in die Hand, es sind dunkel glühende Pfeile, die Mariens Herz durchbohren, ich wende mich zögernd und gehe ein paar Schritte zur Tür, plötzlich ist sie dicht hinter mir, ihr Kopf nahe an meinem, ihr Haar berührt meine Schläfe:

»Ist das deine ganze Begrüßung?«

Ihre Stimme ist verschleiert, dunkel und weich wie ihre Augen, der blasse Kopf hingebend zur Seite gebogen, sie trägt ein bronzefarbenes Seidenkleid, der Hals, die Schultern sind nackt, die Haut weiß und glatt, ich senke den Kopf, ich küsse sie auf dies kühle, runde Elfenbein, ihr Körper bebt, sie fasst meinen Kopf zwischen ihre weißen Hände, ihre dunklen Lippen –

»Beiß doch hinein, tief, mit deinen weißen Zähnen«, bebt sie heiß, »wie habe ich mich danach gesehnt!«

Sie hat noch die Blumen in der Hand, eine Blüte streift gegen die Tischkante und bricht ab, ich bemerke in ihrem rechten Auge ein kleines grüngoldenes Pünktchen, ihr Atem weht mir heiß ins Gesicht, sie ist mir plötzlich ganz fremd, ich spüre einen seltsamen Ekel, ich löse wie zufällig meine Hände von ihrem Leib, was will ich denn hier, sie hat nichts gemerkt, streift sich ihr Kleid zurecht, schaut mich mit ihren ewig feuchten Augen schmelzend und voll Hingebung an und flüstert:

»Die Vase, die eine Lilie ist ein wenig geknickt, das

macht nichts, mein Herz ist auch so, du nimmst es in deine Hände, und es ist wieder gut.«

Ich öffne die Tür und bin im Nebenzimmer, es ist eine süße, parfümierte Luft, mir wird schwindlig, über dem Bett an der Wand hängt ein großes Ölbild, ein nacktes Mädchen mit einem Buch in der Hand, auf dem weißen Spiegeltisch mit der Marmorplatte stehn Flaschen, Schächtelchen in allen Größen und Farben, in Elfenbein, Porzellan und Kristall, neben dem großen ovalen Spiegel blinkt die Vase, ich will sie herabnehmen, ich halte sie vorsichtig in Händen, da ist in meinem Rücken ein Knacken, ich drehe mich um: Nero ist auf das Bett gesprungen, die beiden Pfoten haben den breiten Überwurf als Spielzeug entdeckt, die feuchte Schnauze rupft Stück um Stück von dem kostbaren Spitzenbesatz herunter, erschrocken will ich auf ihn zu, da halte ich inne, was mache ich hier in diesem Schlafzimmer, was soll ich denn hier, was will diese Frau von mir, es ist ja ganz lächerlich, sie soll mich in Ruhe lassen! Eine seltsame Heiterkeit ist plötzlich in mir: Da stehe ich nun in diesem Schlafzimmer und habe eine Kristallvase in der Hand, mein Hund liegt statt meiner im Bett und zerpflückt behaglich die Decke, als wäre es die feinste Delikatesse, als wären es Schweineknochen, ich muss laut auflachen, ich kann mich nun nicht länger zurückhalten, Nero hat sich in die Decke hineingewickelt und schaut jetzt mit runden, erstaunten Augen und roter, hängender Zunge wie unter einer weißen Nachtmütze hervor, ein Lachreiz ohne Maßen überkommt mich, ich vergesse alles, ich stehe da und schaue dem Tier zu, bis mir die Tränen aus den Augen springen, ich will sie mit dem Handrücken abwischen, da fällt mir die Vase aus der Hand, ich greife noch einmal zu, sie liegt in tausend Scherben.

Bussy ist an der Tür, sie sieht mich vor den Scherben stehn, auch jetzt noch ist das fassungslose Gelächter nicht zu beruhigen, sie sieht den Hund im Bett, sieht ihre kostbare Decke zerrissen, die Vase in Scherben am Boden, ihre ganze Haltung ist hin, sie stürzt auf den Hund zu, sie will ihm das Tuch entreißen, das Tier ist hartnäckig, hat sich darein verbissen, hält es vielleicht für ein lustiges Spiel, lässt nicht nach, ihre Erregung steigert sich, es ist wie ein Wettlauf, wie ein wahnsinniger Tanz, ich stehe immer noch und lache, ihre Wut steigt auf den Höhepunkt, kirschrot im Gesicht, ihrer selbst nicht mehr mächtig, kreischt sie mich an:

»Du lachst, du stehst da und lachst! Meine Decke, mein Glas! Hier ist kein Schützengraben!«

Ihr Haar hat sich gelöst, sie sieht aus wie eine Furie, Nero ist jetzt vom Bett heruntergesprungen, ein Teil der Decke hat sich um seine linke Hinterpfote geschlungen, er sucht mit der Schnauze danach zu haschen, dreht sich wie toll wie ein Kreisel um sich selber, kugelt auf den Rücken, die Beine in die Luft, jetzt geht es gegen den Spiegel, Bussy kreischt auf, ehe ich es verhindern kann, kippt der ganze Tisch um mit Fläschchen, Tiegelchen, Puder, Scheren, Parfüm, auf der Erde spritzen Scherben, eine grüne Flüssigkeit fließt breit und langsam über das Parkett, es riecht nach Ambra und Lavendel.

Das Tier hält erschrocken inne und läuft, immer mit der Nase am Boden, dem fließenden Duft nach, das ist zu viel, ich vergesse mein Lachen, ich benutze den Augenblick und entreiße ihm die Überreste der Decke, ich gebe sie, schwarz und zerrissen, in Bussys Hände.

Sie lässt mir die Hand in der Luft und bricht in Tränen aus, sie tut mir leid, zitternd steckt sie sich ihr Haar zurecht, ihr Kleid ist bei dem Kampf zerknittert, die Bluse offen, sie weint wie ein Kind, ich trete auf sie zu, ich ziehe ihr leise die Hände vom Gesicht, sie will nichts wissen und wirft sich schluchzend aufs Bett. Ich warte eine Weile, stehe verlegen zwischen all der Verwüstung und kann doch nicht traurig sein, Nero hat sich in die Ecke verkrochen und blickt mich an, was ist das für ein Blick, ist es nicht fast wie ein Lachen, warum stehe ich hier, es sind draußen so wichtige Dinge, es ist sehr ernst, es ist sehr nötig, dass diese lächerliche Situation ein Ende hat, die Geduld verlässt mich, ich trete an den Bettrand, ich fasse brutal ihren Arm, meine Stimme ist hart und hässlich:

»Ich gehe jetzt, ich muss gehn.«

Sie ist sofort hoch, sie vergisst die zerschlagene Vase, die zerrissenen Spitzen, ihre getretene Sinnlichkeit schreit auf, ergießt sich in einem Schwall von Schimpfworten über mich, ich bin ein nichtswürdiger Lump, ein elender Verräter, der Krieg hat ein lächerliches, gemeines, selbstsüchtiges Vieh aus mir gemacht, vielleicht bin ich überhaupt betrunken, das würde sie gar nicht wundern, wenn ich betrunken zu einer Dame käme, bei Grete würde ich mir so etwas nicht erlauben, wer weiß, was ich jetzt an Frauenzimmern gewöhnt sei, sie aber verbittet sich das, ja, und nun könne ich ruhig gehn.

Ich mache eine Wendung, ich atme auf, ich bin entschlossen, ein Ende zu machen und wirklich zu gehn, sie hat es wohl nur für Komödie gehalten, sie bricht von neuem in Tränen aus, ballt das Taschentuch in den Mund hinein, springt auf, schlingt leidenschaftlich und hysterisch die Arme um mich, fleht mich an, sie nicht zu verlassen, jetzt nicht allein zu lassen, sie würde auch ganz gut wieder sein, sie sei in der letzten Zeit so nervös, weil ich auf die Briefe nicht geantwortet, sie hätte Grete so gehasst, vielleicht liebte ich sie wirklich wieder, aber das sei doch lächerlich, solch eine armselige Frau gegen sie – sie sieht jetzt hässlich aus, die Schminke ist verwischt, über dem Puder sieht man die Spuren der Tränen, die Bluse ist noch weiter aufgerissen, ihre eine Brust ist nackt, mich ekelt, ich kann den süßlichen Parfümgeruch nicht länger ertragen, ich küsse ihr die Hand, ich will noch etwas sagen, aber warum, es geht mich alles nichts mehr an, ich bin schon an der Tür. Da hört ihr Schluchzen plötzlich auf, sie ist einen Augenblick ganz starr, dann rafft sie mit einer ungeschickten Bewegung die offene Bluse über den Hals zusammen, ihre Augen bekommen ein unheimliches Funkeln, ihre weichen Lippen werden ganz hart und schmal, mit heiserer Stimme schreit sie heraus:

»Geh nur, geh nur, ich brauche dich nicht mehr, ich brauche dich schon lange nicht mehr, kehre nur reuig heim zu deiner süßen Grete oder nimm dir irgendein Frauenzimmer, das ist der Dank für alle Liebe, ich weiß nun genug von dir, ich habe auch so genug, wenn nur mein Mann noch lebte, er würde dir schon die Wahrheit sagen, eine schutzlose Frau zu beleidigen, mein armer Mann, du hast ihn gemordet, Borges weiß es auch, wärst du damals mit mir nicht davongefahren, wie er den Blinddarm hatte, hättest du ihn operiert, würde er heute noch leben, du hast deine ärztliche Pflicht gemein verletzt, das weißt du ganz genau, ich bin unschuldig daran, du hättest nicht folgen brauchen, mein guter Mann, mein guter Mann!«

Ich starre sie wie ein Gespenst an, das Blut weicht mir aus den Wangen, mein Körper beginnt zu zittern, ich kann kaum aufrecht stehn, sie bemerkt meine Veränderung, auf ihrem Gesicht spiegelt sich ein dunkler Triumph, ihre Wut, ihr Hass kennt jetzt keine Grenzen mehr:

»Ja, jetzt hast du Angst, ich sage mich los von dir, das mit dem Eid gestern, sagt Borges, war auch so, Borges ist ein Ehrenmann, er weiß mit Frauen umzugehn, wenn er etwas sagt, so stimmt das, er ist viel mehr als du, er versteht sich auf Frauen, er ist zart und rücksichtsvoll, und er liebt mich, er liebt mich schon lange, er hat es mir selber gestanden, aber du, du, mach, dass du heraus kommst, du und dein Hundevieh – so lange habe ich auf dich gewartet, und jetzt, jetzt –: Ich hasse dich, das sollst du büßen!«

Ich bin betäubt, ich höre nichts mehr, ist das dieselbe Frau, derselbe Mensch? Wo ist Schönheit, Bildung, Eleganz, Hingebung, Liebe? Alles Tünche, alles Schwindel, was tue ich hier, hinaus.

Ich blicke mich nicht mehr um, es ist gut so, sie ist hässlich und gemein, ich gehe durch den Salon, der Tee steht noch unberührt auf dem Tischchen, die Teemaschine dampft, man müsste das Feuer auslöschen, da ist Tee und niemand trinkt ihn, man wird ihn wieder abräumen müssen, es ist eigentlich sehr komisch, es ist alles komisch, das hätte ich von Nero nicht gedacht, wie fiel ihm das ein, er ist wie ein Mensch, er geht wie ich, wir gehn zu einer Wohnung hinauf und sind nun wieder auf der Straße, immer geht man Treppen hinab und andere hinauf und ist dazwischen auf der Straße, es war schon einmal so, irgendwo steht ein Mensch am Fenster und ruft, ruft immerzu, und von der Straße kommt einer, komme ich und gehe die Treppen hinauf, es sind immer andere Treppen, breite, helle und frohe, und schmale, die eng sind und düster und führen zu Armut und Tod.

Die Haustür schnappt hinter mir ins Schloss, es ist etwas geschehn, es ist etwas erledigt, auch das war eine Pflicht, da habe ich nun wirklich einmal meine Pflicht getan, und sonst, und sonst nicht?, sie hasst mich, sie droht, was kann sie tun, sie ist wie eine Wanze, sie will stechen, man zerdrückt sie, und es kommt Galle heraus.

Die Lilien hat sie nun auch, sie waren gar nicht für sie bestimmt, sie hat sie zerknickt, es war, als wenn Blut auf ihnen lag, er soll sich in Acht nehmen, sie sollen sich alle in Acht nehmen, sie hätten weiß sein sollen, Lilien müssen weiß sein, es sind Totenblumen.

Ich bin sehr bedrückt, alle Spannung in mir ist fort, ich bin nun frei, aber ich bin leergelaufen, was nützt die Freiheit allein, man muss sie zum Blühen zwingen können, ein Freispruch ist noch kein Glück, ich hätte der

Magd folgen sollen, dann wüsste ich ihren Weg, könnte sie begleiten und ihr helfen, ihr weiterhelfen – und wüsste den Weg.

Da irre ich nun wieder durch die Straßen, hatte ich nicht schon ein Ziel, war nicht schon alles wieder gut, eingereiht in die Lebenden, ja, ich will heim, wie lange hast du gewartet, vier Tage durchs Fenster geschaut und immer gewartet, endlich den Stuhl wieder zurückgesetzt und nicht geweint, nein, keine Träne. Ach, ich bin so voll Sehnsucht, eine Mutter hat ein Kind, eingereiht in die Lebenden, dann stirbt die Mutter, und ihre Stimme sucht und ruft, sucht und ruft – bis sie gefunden.

Es ist schon dunkel, Dämmerung über der Straße, aus den Häusern, aus den Büros, aus den Geschäften strömen die Menschen, die ersten Laternen entzünden sich, sie sind noch klein, gelb und rund, wie für sich, alles Licht kommt von unten, vom silbernen Asphalt, oben sind die Häuser in einem grauvioletten Schatten, mir ist, als ginge ich durch einen offenen Tunnel, die Luft ist lau, die Luft ist müde, alle Menschen gehn wie gebückt, nun bin ich am Potsdamer Platz, die Signalscheiben wechseln, der Strom staut sich und fließt, ich treibe mit, über den Platz hinüber, nun bin ich am Bahnhof, ich gehe zum Schalter, ich habe ein Billett in der Hand, ich gehe die breite Treppe hinauf, es sind viele Menschen da, sie tragen in ihren Koffern ihre Habe mit sich, in ihren Gesichtern fiebert es, ich gehe allein, ich bin allein für mich wie unter einer schweren Glocke, an der Sperre staut sich die Masse zu einem dunklen Kreis, die Barriere fällt, die Masse schiebt sich zusammen wie durch einen engen Hals, sie schimpfen, sie lachen, nun sind sie frei, laufen mit ihren Koffern, mit Schachteln und Stöcken schleppend und doch wie hüpfend den Perron entlang, ich gehe langsam dazwischen, ich stehe am Wagen, ich schaue ihnen fremd zu, wie sie ungeschickt, mit der Schulter nach vorn, sich und das Gepäck in den Wagen schieben, ich steige nun auch langsam ein, drinnen laufen sie, hetzen, stoßen zusammen im engen Gang, endlich, endlich ist das Coupé gefunden, der Platz gefunden, sie legen das Gepäck oben ins Netz, das Fenster geht herunter, weil doch Luft sein muss nach alledem, und hier drinnen scheint sie zu stehn, dumpf, erstickend und wie verstaubt seit Jahrtausenden.

Ich habe meinen Platz in der Ecke, meinen Platz am Fenster, Nero liegt mir zu Füßen, ich lasse ihn auf meinen Platz springen, ich gehe noch einmal hinaus, noch einmal den Perron entlang, als hätte ich etwas vergessen, ich tue so, als wollte ich noch einmal durch die Barriere zurück, in die Stadt zurück, ich habe mich vielleicht nur geirrt, ich schaue auf die große, matt erleuchtete Uhr, es fehlen noch fünf Minuten, ich schaue hinauf zu der großen Wölbung, es sind einzelne gelbe Lichtkreise im Raum, ich schaue durch den großen Bogen, da geht es gleich hinaus in die Nacht, da sind Lichter hoch und unten, golden und rot und grün, ich schließe einen Augenblick die Augen, es ist ein seltsames Summen um mich, ich höre das erregte Atmen der Lokomotive, ein kleiner Wagen mit Handgepäck rollt von selbst mit kleinem, leisem, beunruhigtem Klingeln dicht neben meinen Füßen, eine Stimme ruft »Cakes« und »Siesta, Nachtruhe« dazwischen wie eines Mohammedaners Ruf zum Gebet, es sind noch zwei Minuten, die Menschenmassen ziehen sich an den Zug heran, es ruft »Einsteigen«, die Fenster gehen herunter, Köpfe von denen, die abfahren, blicken hinab, von denen, die bleiben, sind wie hinaufgebogen, es gehen noch, wie auf einer Brücke, Worte hinüber, ich stehe allein an meinem Fenster, wer sollte zu mir sprechen, ich habe niemandem etwas zu sagen, der Zug zieht an, gleitet aus der Halle, zieht die winkenden, weinenden, rufenden Menschen noch ein Stück mit und ist nun wie aus einer dunklen Hülle gekrochen, schlank und schwer draußen, holpert, sich wiegend, über ein paar Weichen, die goldenen und roten Lichter werden seltener, zwei hell erleuchtete Vorortbahnhöfe laufen vorbei, ein Vorortzug auf dem Gleis drüben gibt bald den Versuch einer Wettfahrt auf, ich sehe die Menschen in den erleuchteten Coupés hinter den Scheiben, die kleine ratternde Lokomotive, oben aus dem Schornstein fliegen im roten Schein goldene Funken, endlich ist es dunkel, ein paar Lichter noch rasen vorüber, die Strecke liegt frei, es geht in die Nacht, in die Weite.

Ich gehe auf meinen Platz zurück, Nero legt sich wieder unter die Bank, ich schließe bald die Augen, es ist wie in einer Stube, eine Stube fährt durch die Landschaft, es ist heiß, an der Decke brennt das runde elektrische Licht.

Mir gegenüber sitzt ein Mädchen, blondes, strähniges Haar umrahmt ein blasses, müdes Gesicht, sie trägt eine Windjacke, die zarten Füße stecken in groben, braunen Stiefeln, neben ihr eine ältere Dame, vielleicht eine Lehrerin, auf einem grauen Sitzkissen, die faltigen Wangen blasen die Luft hinein, sie hat sich umständlich eine Brille aufgesetzt und ist in ein Buch versunken, von den drei Männern hat sich einer die Jacke ausgezogen, die Weste ist offen, er hat die Stiefel mit Hausschuhen vertauscht, man sieht seine grauen, wollenen Socken.

Dann kommt der Schaffner und revidiert, der eine wird schon nach drei Stunden aussteigen, der andere und die alte Dame um Mitternacht. Ich sitze eine Weile und schaue zum Fenster hinaus, in die dunkle Landschaft, der Zugwind weht kalt gegen meine rechte Wange, ich ziehe den Kopf zurück, eine seltsame Unruhe ist in mir, der in der Ecke hat sich eine dicke Zigarre angezündet, der ätzende Rauch weht schwer und blau gegen die Decke, der neben ihm hat die Hände über dem Bauch gefaltet und scheint schon zu schlafen, ich klettere über sechs Beine, ich schiebe die Glastür zurück und bin wieder auf dem Gang draußen, ich gehe in der entgegengesetzten Richtung des Zuges, ich schaue durch die Fenster in die Coupés hinein, da sitzen Menschen hinter den Scheiben, traumhaft wie Gegenstände in einer Auslage, ich höre gedämpfte Gespräche, im nächsten ist schon Dunkel, Schlaf liegt über ihnen, ich kehre in mein Coupé zurück, das Mädchen ist von ihrem Platz aufgestanden und lehnt zum Fenster hinaus, ich trete neben sie, wir sprechen, sie hat zehn Tage Urlaub, sie will in die Berge, wir schauen zusammen hinaus, wir sprechen von den Sternen, die über uns sind, wir sprechen von ihrer Arbeit, ihrer Mutter, von Schicksalen und den Menschen, die da noch draußen beim einsamen Licht in den Dörfern wachen, wir sind gar nicht mehr im Coupé, wir hängen mit unseren Köpfen in die Nacht hinaus und haben die Menschen hinter uns vergessen, wir gleiten immer weiter, Bahnhöfe schleifen mit ihren Lichtern vorbei, ein anderer Zug, die Lichter tanzen wie eine goldene Schlange vor unseren Augen, dann wieder ist nur noch die weite Ebene und unser Gespräch in die Nacht.

Es ist weit nach Mitternacht, wir sind müde geworden, außer uns ist nur noch ein Mensch im Raum, er hat seine Schuhe ausgezogen und liegt lang und hart auf der Holzbank, wir ziehen die Scheibe hoch, wir sind plötzlich wieder in der Wärme und im Zimmer, ich bitte sie, sich hinzulegen, sie zögert, sie blickt mich an mit blauen, durchsichtigen Augen, mir ist sehr weh, an wen erinnert sie mich, ich lege ihr meine Decke über die Bank und setze mich in die Ecke, sie liegt neben mir, ihr Kopf ruht auf meinem Schoß, von dem blonden Haar hat sich eine kleine Locke gelöst, die Augen sind geschlossen, die langen, dunklen Wimpern zittern, ein Lächeln ist über ihrem bleichen Gesicht, all das kenne ich doch, all das kenne ich doch, ich kann nicht schlafen, in meinen Augen brennt es, hinter meiner Stirne ist ein dumpfer Schmerz, das Holz der Wand drückt hart gegen meine Schläfen, aus dem Nebencoupé hört man gedämpft ein Gespräch, der Mann in der Ecke schnarcht, sein Mund ist offen, seine Nase scharf und eigenartig weiß, auf meinem Schoß schläft der blonde Kopf eines fremden Mädchens und lächelt, es ist ganz still, draußen fliegt die Landschaft vorbei, über die Stirn des Mannes drüben kriecht langsam eine Fliege.

Ich muss wohl endlich auch eingeschlafen sein, es ist jetzt hell im Raum, draußen schläft noch eine Hügellandschaft unter bläulichem Nebel, meine Hand liegt auf etwas Weichem, es ist Nero, er ist wohl in der Nacht von der Bank drüben heruntergesprungen, was hat ihn so plötzlich zu mir getrieben, hasst er mich nicht mehr, »Nero«, ruf ich ganz leise, halb noch im Traum, seine Schnauze liegt auf meinem Knie, sein Schwanz wedelt, er blickt mich fragend und traurig an, seine Zunge geht warm über meine Hände. Ich streichle gerührt sein Fell, ich bin jetzt fast glücklich, das Tier liebt mich wieder, warum liebt es mich jetzt und hat mich vorher gehasst, ich schließe noch einmal die Augen, ich schlafe tief und fest.

Es ist kurz vor dem Ziel, ich helfe dem Mädchen die Koffer aus dem Netz nehmen, sie sieht jetzt hässlich aus und grau, der Mann zieht sich die Schuhe über seine grauen Socken, der Zug hält, wir sind im Bahnhof. Ich gehe durch die Sperre, ich gehe die Kaiserstraße hinauf zum Rossmarkt, der Hund ist dicht und wie in Angst an meinem Fuß, ich biege nach rechts in die engen Gassen, es ist, als wenn mich etwas zieht, ich gehe ganz blind, es kommt mir alles bekannt vor und doch unendlich fremd, ich will doch eigentlich gar nicht hierher, ich muss ja ganz wo anders hin, sie liegt auf ihrem Sofa und schläft, ehe sie aufwacht, bin ich da, bin ich bei ihr.

Nun stehe ich vor der alten Kirche, ich gehe im Kreise, an diesen Häusern war ich schon, vorhin, vielleicht gehe ich wieder zum Bahnhof zurück, es hat ja keinen Sinn, hier in den engen Gassen herumzulaufen, der Hund scheint auch müde, er geht immer langsamer und bleibt schließlich zurück, er dreht seinen Kopf nach allen Seiten, an der Ecke sitzt ein altes Weibchen und isst in der Sonne ihr kärgliches Frühstück, er bleibt vor ihr stehn, wedelt mit dem Schwanz, sie strahlt auf, die kleinen alten Hände streicheln und klopfen das braune Fell, kauend reißt sie mühselig ein Stück von ihrem Brot ab und hält es ihm hin, er schnappt gierig danach und legt sich vor ihr Verkaufstischchen, den Kopf auf den Pfoten, die Alte beugt sich zu ihm herab, es ist, als unterhielten sie sich miteinander, ich pfeife, er bleibt ruhig liegen, ich muss zurückgehen und ihn holen, auf dem Tischchen stehen Seife, Zigaretten, bunte Gläser, ich kaufe der Alten ein paar Zigaretten ab, sie knickst und kichert und »für den schönen Hund vielleicht eine Schleife, grün oder braun«, ich nehme auch die, alle beide, ich zahle, Nero steht widerwillig auf, streckt sich in der Sonne, die Irrfahrt beginnt von neuem, ich bin nun auf der Zeil, die ersten Käufer kommen, ich gehe in ein paar Läden, betrachte die Dinge, und wieder hinaus, ich biege abermals nach rechts, in einer kleinen Seitengasse ist eine Bäckerei, ich gehe hinein, die kleine Glocke an der Tür klingelt, silbern und hell und will nicht zur Ruhe kommen, in einem Korb stehen frische Brötchen, auf weißem glatten Porzellan Kuchen und Torten. Ich lange über den Ladentisch, nehme mir eine Semmel und breche sie auseinander:

»Es ist nicht erlaubt, sich selbst zu bedienen«, sagt der kleine krausköpfige Verkäufer mit wichtigen, hochgezogenen Brauen.

»Nimm dir erst mal die Schürze ab, wenn du in den Verkaufsraum kommst«, sage ich, »und die Semmeln sind auch wieder viel zu klantschig.«

Der Junge stutzt einen Augenblick, ist erst verlegen, wird dann rot, schließlich stellt er sich trotzig hin:

»Es ist verboten, der Meister hat es verboten, sich über den Ladentisch herüber etwas zu nehmen.«

Ich bin beruhigt, ich muss plötzlich lächeln, ich bitte höflich um ein Stück Kuchen, ich finde ihn gut und schmackhaft, ich frage:

»Ist dein jetziger Meister gut zu dir, hat er viel verändert?«

Jetzt wird der Junge zutraulich; nein, der Meister hat alles gelassen, wie es war, nur nach hinten wolle er noch anbauen, im nächsten Jahr vielleicht, aber sonst sei er geizig, der frühere Meister sei viel freigebiger gewesen, er habe ihm auch mehr Lohn gegeben, nur zu ehrgeizig war er und jähzornig, oh, manchmal –

»Aber du hast ihn gern gemocht?«

Sehr gern, er sei ja nun ein Jahr schon tot, ob ich ihn gekannt hätte? Nein, nein, und nun ist es gut, und was kostet der Kuchen?

Ich bezahle, ich gebe ihm das Dreifache, er schaut mich verwundert an, ich bin schon wieder draußen, schon wieder auf der Gasse, ich schließe die Augen, mir ist, als rufe mich jemand beim Namen, ich gehe ein Stück mit geschlossenen Augen, es wird kühl, ich bin aus der Sonne heraus, ich stehe in einem Torweg, links geht eine alte hölzerne, gewundene Treppe herauf, ich pfeife dem Hund, er ist nicht da, ich gehe wieder hinaus, er liegt wieder in der Sonne, ich rufe ihn beim Namen, er widerstrebt und ist nicht von der Stelle zu bringen, soll ich ihn schlagen, warum, er will in der Sonne sein, er soll in der Sonne bleiben, ich gehe in den Schatten zurück, ich gehe die knarrende Treppe hinauf, mir ist, als liege ein schweres schwarzes Tuch mir auf der Seele, ich kann kaum atmen, eine Angst ohne Maßen ist in mir, ich kann keinen Schritt weiter, ich stehe bewegungslos im Dunkeln, vor mir ragt die Holztür, sie ist nur angelehnt, ich wage nicht zu klopfen, ich bin wie gelähmt, endlich lege ich mein Ohr gegen die Tür, dahinter geht etwas vor, dahinter geschieht etwas, ich muss mich beeilen, aber ich habe keine Kraft, ich höre ein Stöhnen und Atmen und dazwischen ein leises Weinen, eine dunkle Männerstimme spricht ernst und sachlich, ich höre Plätschern von Wassern, dann ist eine Pause und nur immer das Stöhnen, ich will gerade zurücktreten, ich bin doch kein Dieb, umkehren, davonlaufen, da geht die Tür von innen auf, ein Mann tritt heraus, mit einem kleinen Köfferchen, setzt sich die Brille zurecht und sagt halblaut ins Zimmer zurück:

»Ich gehe jetzt in die Klinik, wenn etwas geschehen sollte, lassen Sie mich rufen! Und schön verständig sein und jede Aufregung fernhalten, absolut jede Aufregung!«

Es kommt keine Antwort, er geht die Treppe hinab, er geht an mir vorbei, ich stehe im Schatten, er sieht mich wohl nicht, mir ist, als müsste ich schreien, ich kann jetzt nicht mehr zögern, ich muss da hinein, da liegt wer auf dem Sofa und wartet auf mich, hat die Augen zu, und wenn sie aufwacht, bin ich schon da, stehe ich bei ihr, und sie hat gar nicht gemerkt, dass ich fort war.

Ich stehe im Türrahmen, es ist ein kleines, helles Zimmerchen, eine kleine Mansarde, das Licht sticht mir ins Auge, ich habe so lange im Dunkeln gestanden, nun kann ich im ersten Augenblick nichts sehen, ich höre nur einen leisen Schrei und gleich darauf einen dumpfen Fall, ich gehe mit großen heftigen Schritten gegen die Ecke, da liegt das Mädchen am Boden, ächzend an den Stuhl gesunken, ich beuge mich zu ihr auf die Knie, sie schlägt die Augen auf, der ganze Körper zittert, während ihre Augen groß und entsetzt mich anstarren:

»Jetzt nicht«, lallt sie, fast unhörbar, sich windend in Qual, »jetzt dürfen Sie mir nichts tun, ich bin freigesprochen, das Urteil ist rechtskräftig, man kann es nicht mehr rückgängig machen, Sie können sich ja geirrt haben, das ist ja möglich, sicher haben Sie sich geirrt, aber jetzt, jetzt – brauche ich alle meine Kraft, wenn da drinnen –, wenn sie wieder gesund ist, dann kommen Sie nur, dann ist alles gleich, dann bin ich zu allem bereit, was Sie wollen, ich will aussagen, was Sie wollen, dann meinetwegen will ich gern sterben, nur jetzt nicht, jetzt nicht, ich will auch alles bekennen, es ist zu schrecklich, ich habe ihn zu sehr gehasst, meine Hände gingen ganz von selbst an seinen Hals, ich drückte zu, bis ihm die Augen herausquollen, immer fester, immer fester, ich biss ihn in die Kehle, immer mehr, meine Hand krallte sich in seine Haut, Blut floss, sein Atem wurde immer schlürfender, die Muskeln am Hals spannten sich, ich ließ nicht nach, bis er still war, ich wusste ja nicht, was ich tat. Der Hund, was weiß ich, was das für ein Hund ist, roch an mir immer herum, unten schon am Tor, und nun plötzlich hier im Zimmer, bis er scheu wieder hinauslief, vielleicht war es der Teufel, vielleicht – –. Da wissen Sie alles, ich bin eine Mörderin, Sie haben mich gerettet, tun Sie mit mir, was Sie wollen, es ist mir alles gleich, das Leben hat keinen Sinn mehr für mich, aber jetzt muss ich leben, jetzt bin ich noch nicht bereit, jetzt muss ich leben, muss ich leben –«

»Emmchen«, sage ich atemlos an ihrem Ohr, »Emmchen, was redest du denn da, ich komme ja nicht deshalb, das ist ja nun alles gut, ich komme ja nur – da drinnen die Mutter, wie?«

Sie steht auf, ihre Augen sind ganz starr, sie sieht mich scheu von der Seite an, sie ist ganz weiß im Gesicht, das Taschentuch hat sie vor dem Mund, ihre Stimme bebt:

»Sie wollen mir nichts tun, nein, Sie sind gut zu mir, Sie haben mir geholfen, warum haben Sie mir geholfen, warum sind Sie so gut zu mir?«

»Die Mutter da drinnen, wie –?«

»Die Mutter, ja, sie ist sehr krank, ich weiß nicht, der Doktor war eben da, er sagt, er hat einen lateinischen Namen dafür gesagt, er hat – Sie wollen zu ihr, Sie wollen – woher wissen Sie denn –«

»Sie hat mich gerufen.«

»Die Mutter? Wann? Durch wen?«

»Schon lange, lange, schon über ein Jahr«, sage ich und schließe wieder die Augen.

Sie geht einen Schritt zurück, ihr Gesicht ist voll neuem Schrecken, Entsetzen und Angst steht in ihren Mienen, sie glaubt mir nicht:

»Spielen Sie nicht mit uns – Gott kann mich nicht so strafen, wenn Ihnen etwas heilig ist, Sie sind ja Arzt, Sie waren gut zu mir: Helfen Sie, retten Sie, warum waren Sie gut zu mir, und wollen mich jetzt allein lassen –?«

»Komm«, sage ich und fasse statt aller Antwort ihre kalte Hand. An der Schwelle bleibe ich stehn, ich lege ihr meine Hand auf die Schulter, meine Stimme wankt in Erschütterung, ich bekomme kaum ein Wort heraus vor Erregung:

»Emmchen«, sage ich, »vertraue mir, glaube, frage jetzt nicht, lass mich allein da hinein, und wenn nichts zu helfen ist, wenn sie wirklich – stirbt –«

Ich kann nicht weiter, meine Stimme bricht ab, ich warte auf keine Antwort, ich sehe ihr Gesicht nicht mehr, ich weiß kaum, dass sie noch neben mir steht, ich gehe Schritt um Schritt da hinein, ich schließe die Tür hinter mir wie den Stein eines Grabes, ich bin jetzt mitten im Raum, das kleine Fenster steht offen, ein Leierkasten spielt, auf dem Fußboden sind goldene Sonnenringel, sie liegen gerade auf meinem Weg, ich muss über sie hinüber, mit meinen groben Füßen, es ist wie Entweihung, ich bin auf heiligem Boden, da drüben steht das Bett, da drüben aus der Ecke atmet es, atmet dumpf und schwer, kämpft eine Lunge, quält ein Herz, stirbt ein Mensch –

Mutter –

Ja, nun bin ich am Bett, ich knie nieder, die Welt hört hier auf, meine Hände sind auf der weißen Decke, meine Hände fassen die ihren, ach, ihr weißes Haar und das blasse Gesicht, Hände, die gesucht haben, Haar, das bleich geworden unter Warten, Sorge und Not!

Ich fasse die Kissen und lege sie unter die pfeifende Brust, ich ziehe den armen, kleinen, ächzenden Körper hinauf, dass er bequem liegt und weich, ich feuchte das Tuch neu an, dass es kühl liegt auf der verrunzelten Stirn, ich bin ja Arzt, ich kenne ja Leiden und Tod, ich weiß ja die Wege, die Mittel zu Linderung und Trost.

Nun schlägt sie die Augen auf, die Lider gehen hoch, fliehen zur Decke, irren rund und betäubt umher, an mir vorbei, über mich hinweg, sehen mich nicht, sehen mich nicht –

Ich beuge mich ganz zu ihr, ich fasse mit beiden Händen krampfhaft das Kissen, mein Gesicht ist an ihrem Ohr:

»Mutter«, schluchze ich heraus, die Stimme versagt mir, die Tränen laufen heiß und haltlos über Mund und Wangen, »Mutter, ich bin da, hör mich doch, sieh mich doch, du hast nicht umsonst gewartet, ich war so lange unterwegs, ich habe dich so lange gesucht, es war sehr schwer, es war alles gegen mich, ich bin gar kein Mensch mehr, es war alles immer im Nebel, ich war immer auseinandergerissen, ich kenne mich ja selbst nicht, niemand ist neben mir, ich bin ja doch immer allein, ich bin immer wie ein Schatten vor mir und kann mich nicht sehen – aber du, du bist da, du warst immer da, ich war immer auf dem Wege zu dir, du hast nur geschlafen so lange. Du hast hier gelegen, und ich war einen Augenblick unterwegs, aber jetzt bin ich heim, jetzt bin ich da, jetzt musst du die Augen öffnen und mich hören, weil ich zurück bin, einmal nur noch hören, nur einmal noch, einmal noch – –«

Ich bedecke ihre Hände mit Küssen, ihre Stirn mit Küssen, sie ist kühl und feucht, ich lege das Ohr auf ihr Herz, es tickt nur noch ganz leise und kaum hörbar, es ist nur noch wie ein Flämmern, bald wird es still sein, oben kämpft es noch, atmet hart und wund, rasselt schnarrend in der Brust, der Mund ist offen, der rechte Mundwinkel heruntergefallen, über den spitzen Backenknochen fällt die Haut zusammen, die Nase wird kühl und scharf, ich lasse nicht nach, ich staue alle Kraft in mir zusammen, sie muss mich hören: Mutter, Mutter, Mutter – – da gehen noch einmal die Augen auf, sie schauen strahlend in die meinen, es ist ein Glanz darinnen, sie sehen durch den Körper hindurch, sehen mich, mich selbst, in den Lippen zuckt es, die Hand will sich nach mir heben, sich streichelnd auf mein Haar legen, auf halbem Wege sinkt sie zurück, der Atem steht, mein eigenes Herz setzt aus, es ist eine entsetzliche Stille, noch einmal hebt sich die Brust in furchtbarem Kampf, der Mund krümmt sich zusammen wie in letztem Ekel, die Augen sinken herab, das Gesicht wird weiß und kalt, es ist zu Ende.

Ich stehe noch und lausche, wo ist sie nun, eben noch ein Mensch, Mutter, will sie sich nicht noch einmal bewegen, die Hände, die Lippen, ein Wort noch sagen – es ist alles zu Ende, alle Wärme hin, alles Leben hin, da liegt ein kalter Körper, da war etwas, nun ist es vorbei.

Was stehe ich denn noch, was tue ich hier, ein fremder Mensch, eine fremde alte Frau liegt dort, kalt und tot, ich weiß nicht mehr, was mich hergetrieben, ich bin in einem kleinen, alten, hässlichen Zimmer, von draußen kommt Sonne und Luft, irgendwo auf der Straße schreit ein Kind, was mag der Grund sein, ich trete ans Fenster, ich blicke auf die Menschen herab, unten liegt Nero in der Sonne, Knaben stehen um ihn herum, der Leierkastenmann nimmt gerade Drehorgel und Affen auf den Rücken und geht zum Nebenhaus, ich schließe das Fenster, ich lasse die weißen Gardinen herab, das Zimmer ist nun grau und im Schatten, es ist ganz still, ich trete noch einmal ans Bett, es ist nichts weiter, ein toter Mensch, eine arme, alte Frau, ich habe nicht mehr helfen können.

»Wie steht es«, fragt es angstvoll flüsternd aus dem Nebenzimmer, »ist Hoffnung, glauben Sie –«

»Sie ist soeben gestorben«, sage ich, »Sie müssen den Arzt rufen, der die Kranke behandelt hat.«

Mit einem Schrei ist sie im Zimmer, mit einem Schrei sinkt sie neben dem Bett zusammen, ich stehe unbewegt dabei, es ist traurig, wenn Menschen sterben, aber es trifft uns alle.

Ich hebe die Weinende auf, sie hängt völlig gebrochen in meinem Arm, mechanisch streiche ich über ihr Haar, wie unglücklich sind Menschen, wie unglücklich bin ich selbst!

Was soll ich tun, ich kann ihr nicht helfen, ich lasse sie aus den Armen, ich lege auf den kalten Kamin ein paar Geldscheine, ich blicke mich nicht mehr um, ich gehe zur Tür hinaus und bin in der Sonne.

Ich pfeife Nero, er springt glücklich auf, er wedelt mit dem Schweif, es ist Sonne, es ist Sonne, aber ich fühle sie nicht, die Menschen, die mir begegnen, schauen an mir vorbei, es weiß niemand, wo ich war, niemand, dass ich so früh schon bei einer Toten war, sie sind alle sehr geschäftig, warum haben sie solche Eile, eines Tages liegen sie in einem Zimmer, und die Sonnenkringel auf der Erde verwehen im Schatten.

Es ist ganz still in mir, es ist keine Trauer und kein Glück, keine Sonne und kein Leid, ich bin nur unendlich müde, es ist alles umsonst, es war alles umsonst, während ich hier gehe, liegt oben in einem kleinen Zimmer eine alte Frau auf weißem Bett, ich möchte auch irgendwo liegen, jemand stürzt weinend neben mir zusammen und kniet an meinem Bett, aber ein fremder Mensch wird daneben stehen und sagen: Es ist traurig, wenn Menschen sterben, aber es trifft uns alle.

Wohin gehe ich, die Spuren hinter mir verlöschen, die Stimme hinter mir ist fort, hinter mir ist Stille, das Seil ist gerissen vom Grund, nun treibe ich, treibe hin und her, ich will nichts mehr, ich suche nichts mehr, ich will nur noch Land, wo ich ruhe, Erde, die mich mit Frieden beschattet. – –

Nach Westen, nach Westen, wo will ich hin, ich sitze wieder im Zug, die Grenze ist längst passiert, wohin, das sind französische Uniformen, französische Dörfer, das Coupé ist voller Menschen, an mein Ohr schlägt eine fremde Sprache, das Fenster ist offen, ich sehe nichts, ich höre nichts, Menschen steigen ein und aus, wir fahren in einem kleinen Tal einen Fluss entlang, wir fahren an grünen Hügeln vorbei, durch weite Felder, durch kleine, malerische Städte – ich sehe nichts, ich sitze in meiner Ecke wie in einem Grab, ich gehe durch weite, unterirdische Hallen, die Decke ist niedrig und drückend, es ist ein Unterstand, kommen die Granaten, Erde über uns, der Schritt hallt einsam von den feuchten steinernen Wänden, es ist ein blauer Dämmer, das Licht fällt müde und zerbrochen aus ein paar Rissen in der Wand, es sind die Toten, es sind alle Toten, ich taste mich von Sarg zu Sarg, ich klopfe auf jeden Deckel, ich bücke mich nach jedem Namen, ich trage eine kleine Kerze in der Hand, die kleine Flamme zuckt und flattert, von den Wänden strömt eisige Kälte, ich kann die Namen nicht lesen, es fehlen Buchstaben darin, sie sind schon herausgebröckelt durch die Zeit, sind grün überwachsen, verwischt, verweht, ich habe keine Zeit, still zu stehn, es geht immer weiter, ruhlos immer weiter, meine Füße werden wund, meine Ohren taub vom immer gleichen Schritt, mein Gewand blättert ab, nun bin ich nackt, meine Haut sind nur noch Krusten und Borken übereinander, auch sie fallen, auch Hirn, Muskeln und Nerven, Zwerchfell und Darm, nur das Herz bleibt, zuckt, eine kleine, rote Flamme, sucht und bückt sich, sucht immer weiter, schlägt immer weiter, möchte nur ruhn, endlich ruhn und kann doch nicht und ist doch müde, ist doch so müde – –

Schlafe ich schon, mitten am Tag? Das Fenster ist offen, ich sehe nicht hinaus, alle Pracht der Landschaft, Pracht der blühenden Erde, Pracht der gesegneten Äcker zieht an mir vorbei, ich sehe es nicht, es ist nicht für mich, es ernten andere, es haben andere gesät, ich bin ihnen nicht neidig, ich bin niemandem neidig, ich war es wohl früher, jetzt ist das vorbei, jeder trägt sein eigenes Schicksal, es ist niemand glücklich, man soll auch die Toten nicht versuchen, es gibt einen Willen, der bäumt sich hoch, der will aus seinem Rahmen springen, über sich hinaus, der will sein Schicksal brechen, der will selber Gott sein, der will über die Erde, über Not und Körper und Sarg – und fällt doch zurück und ist doch verhaftet mit sich selbst und kommt nicht los von sich, es türmt sich gegen ihn, es greift mit Händen nach ihm, er taumelt zurück, bis er erstickt.

Schlafe ich schon, ich habe solch eine Sehnsucht und weiß nicht wonach, ich will wachen, ich will mein eigenes Leben sehen, bis zu Ende, ich bin hineingesprungen in einen Strom und muss nun schwimmen, bis er mich wieder hinausspeit, wir sitzen alle in diesem Zug, das Leben gleitet wie diese Landschaft vorbei, mit Hügeln, Feldern, Städten und Menschen, aber doch haben wir immer nur auf unserem Platz gesessen, in unserer Ecke gesessen und vor uns hingestarrt, immer dasselbe Holz drückt uns den Rücken wund, immer dieselbe Bank steht uns gegenüber, immer derselbe andere Mensch, immer dieselbe andere Maske sitzt neben uns, und einmal nur hält der Zug, endlich stehen wir auf, können aussteigen, und die Fahrt hat ein Ende.

Wo bin ich, draußen liegt schon Dämmerung, das Land hat sich verändert, halb verfallene Kirchen, zerfallene Dörfer und Ruinen ziehen vorbei, hier pflügt ein Graben durchs Land, hier liegen Draht und vermorschte Bretter und Holz, hier floss Blut, hier tobte Mord, Hölle und Wahn, hier haben Menschen gesessen wie Maulwürfe unter der Erde, haben sich belauert und zerfetzt, hier ist kein Baum mehr, das Laub ist abgefallen und verdorrt, die Stämme sind nackt und schwarz, hier ist kein Haus, das nicht begraben unter Schrei, Schicksal und Not, hier hat die Luft gezittert unter dem Grauen der krepierenden Granaten, hier irgendwo habe ich selbst gesessen, wer, ich, wer, was denn, wo bin ich denn, hält der Zug, ist die Reise zu Ende?

Ja, ich gehe über Land, über Erde, ja, ich steige die Höhen hinauf, es ist Verdun, es sind die Höhen von Douaumont, ich verlasse die zerschossene Stadt, es stehen überall Gerüste, es wird überall gebaut, es sind neue Mauern, neue Wände, sie sind noch gelb und nackt, ich sehe das nicht, es ist mir gleich, ich höre nur das Wimmern um diese Stadt, den Feuergürtel um diese Stadt, ich höre nur das Wimmern der Toten: Hier hat die Welt gebrannt, hier sind Millionen verkohlt und verblutet, hier liegen unsere Brüder, hier liegt Europa, hier liegt die Menschheit, hier bin ich, hier liege ich, hier liegt mein Leben, hier sind Gräber, Gräber, Gräber, Kreuz neben Kreuz, Erde neben Erde, schwarze Kreuze die Deutschen, weiße Kreuze Franzosen, schwarze Steine, weiße Steine, wer hat dies Brettspiel in der Hand, wer hat die Steine gezogen Zug um Zug, wir können die Steine tauschen, wer ist der Gott, der unser Leben biegt – gegen uns: Es ist eine Straße, die geht den Berg hinauf, da sind sie gefahren mit Kanonen, da kam das Wasser den Durstenden und wurde Blut, da zog das Leben herauf und zog als Tod zurück, nun bin ich auf den Hügeln, es wächst kein Gras mehr, es ist kein Grün und kein Strauch, es ist alles grau, es ist alles glatt rasiert, kein Wind weht, kein Hauch kommt, es ist still, es ist endgültig still, unten ist Fleury, unten war Fleury, unten war ein Dorf, waren weiße Häuser, war Leben, war Wärme, war Schicksal, war Liebe, wo ist Fleury, eine Tafel steht »Fleury«: Das ist nun Fleury, Gräben und Erde und Staub, oben ist Douaumont, oben am Hügel liegt zerborstener Zement, zerborstene Erde, Panzertürme, zerborstenes Eisen und Stahl: Hier flammte der Tod, nach rechts und nach links, hier schossen Deutsche und schossen Franzosen, hier liegen Deutsche und liegen Franzosen, es gibt keinen Krieg, hier liegen Menschen, es gibt keinen Feind, es gibt keine Staaten, es gibt keine Schicksale, keine Unterschiede, keine Offiziere, keine Reichen, keine Arbeiter und Gemeine: Wir sind nackt, nackt, wir sind nackte, sterbliche Menschen.

Es wird dunkel, ich stehe oben am Denkmal am Hang, ein Löwe haucht, getroffen vom Pfeil, sein schweres marmornes Leben in den Sand, etwas Dunkles schaut aus der Erde, ich bücke mich, es ist brüchig und hart, ich ziehe es heraus, es ist ein Stück Leder, Riemen von einem Tornister, es sind Flecken darauf, altes trockenes Blut, ein Jahr ist vorbei, und hier ist noch Blut, ich werfe es weg, der Hund springt danach, ach, der Hund, er bellt und jagt umher, er ist ganz verändert, im Zug schon immer hin und her, von einem Platz zum andern, in den Gang hinaus, ans Fenster, die Nase in die Luft, schnuppernd, erregt, außer sich, dann wieder an meinem Knie, schaut mich bittend an, wedelt mit dem Schweif, springt wieder auf die Bank zurück, drückt seinen Leib eng und zitternd an den meinen, die Zunge keucht, der Kopf liegt platt auf meinem Schoß, die Augen sind zu, es ist, als wenn er weint, er stößt ein leises Winseln aus, ich streichle ihn, er drückt seine Schnauze zwischen meinen Arm und Körper. Jetzt aber scheint er kaum noch von mir zu wissen, ich habe ihn an die Leine genommen, er reißt mich durch Gräben, über Felder, über Zäune und Draht, er ist immer mit der Nase am Boden, er stöhnt und winselt und bellt, er hört auf keinen Ruf mehr, beißt um sich, Schaum steht ihm vor dem Maul, ich kann ihn nicht mehr halten, mit einem Ruck reißt er sich los, springt hoch, jagt davon, die Leine schleift, sich verhakend, hinterher, jetzt verschwindet er in einem Graben, es steht Wasser darin, er spritzt hindurch, ist drüben weit schon bei Douaumont, ich muss einen Umweg machen, ich sehe ihn nicht mehr.

Die Sonne ist weg, es wird langsam dunkel, es wird langsam kühl, ich gehe immer noch atemlos über die Hänge, ich habe wie der Hund das Auge am Boden, ich krieche mehr als ich gehe, was suche ich denn, gehe ich nur dem Tier nach, suche ich meinen Hund, suche ich einen Menschen oder vielleicht gar mich selbst, ich kann kaum mehr etwas sehn, ich kann kaum mehr etwas unterscheiden, ich stolpere über Stoppeln, über Bretter und Draht, an meinem Fuß ist etwas Warmes und Klebriges, ich glaube, es ist Blut, es ist noch warm, es kann wohl kein fremdes sein, ich habe mir den Fuß geritzt, ist es mein Blut, ich gehe immer weiter, ich bin ganz allein unter Toten, es ist jetzt ganz finster, ich fürchte mich, ich, ein Lebender, fürchte mich, ich habe eine kalte, entsetzliche Angst, aber ich kann nicht weg, ich muss meinen Hund suchen, warum ist er weggelaufen, die Stille wird immer furchtbarer, meine Kehle ist mir wie zugeschnürt, ich sehe wieder den langen, blauen, hallenden Gang, ich sehe wie im Fieber wieder die Särge, ich klopfe an jeden von ihnen, da strecken sich überall kleine weiße Fäden heraus, weiße Spinnwebfüße, sie knicken sich hoch, die Särge heben sich, sie schieben sich lautlos nebeneinander, rings um mich beginnt es zu wandern, von allen Seiten kommen sie aus der Tiefe, die Erde bricht auf wie aus tausend weißen Wunden, es sickert heran, der Zug formiert sich, er reicht von Horizont zu Horizont, Verdun brennt, Verdun brennt, und mein Herz hüpft in der Dunkelheit, mein Flämmchen hüpft und zuckt um jeden Sarg, es tanzt und glüht, zwei Punkte glühen aus der Nacht, ich stolpere, meine kalte Hand fühlt am Boden, fühlt etwas Warmes, Zitterndes, Weiches, die beiden Lichter wenden sich, beginnen zu tanzen, sich zu bewegen, ich bin dem Wahnsinn nah, ich will schreien –: Es ist der Hund, es ist Nero, es ist ein warmer Leib, ein warmer, atmender Körper, er liegt an der Erde, ich sehe nur seine Augen, ich taste seinen Leib, ich taste die Erde neben ihm, hier rechts muss ein Draht sein, spanische Reiter, dahinter ist der Horchgraben, ein kleiner spitzer Vorsprung, es kommt mir alles sehr bekannt vor, unter dem Brett hing ein Telefon, tickte es immer ganz hell und singend, wenn der Wind von drüben kam, konnte man das Grammophon hören, bis es zerschossen wurde, es hat wohl nun ein Loch, es ist Blech mit einem runden Loch, und liegt vielleicht auch hier, ich war schon einmal an dieser Stelle, hier geschah etwas, war es gestern, aber es war Tag, aber es war Lärm drüben, Stimmen jauchzten herüber, und ich, ich war einsam, ich war kalt, Wind ging wie jetzt, zwei Augen waren auch so, glühten aus dem Nichts, wollten sich nicht schließen, es waren Menschenaugen, ich wollte aus der Dunkelheit heraus, aus der Nacht heraus, aus Not, aus Krieg, aus Elend, aus Einsamkeit und Tod –: Ich will zur Musik zurück, ich will zu Menschen zurück, ich bin in die Irre gelaufen, ich bin rückwärts gelaufen, es ist nichts zurückzudrehen, es ist nichts aufzuhalten, das Leben nicht und nicht der Tod, es ist kalt, und ich will in die Wärme, zwei Augen glühen mich an, aber es sind Hundeaugen, Körper sind um mich, Tausende in der Erde, aber ich will zu Lebenden, ich will Blut anfassen, ich will Wärme fühlen, ich will weg von hier, ich will zum Licht zurück, ich will leben – Grete! Grete! Nero, komm, Nero, Tier, glotz mich nicht an, es ist da nichts, warum rührst du dich nicht weg, du kommst mit, ich, dein Herr, befehle es dir, lachst du, willst du beißen, was tust du da, es ist nur Erde, es sind nur Knochen, es ist nur Staub, es lag einmal ein Mensch da, jetzt ist es kalt, ein Gespenst geht um, was tot ist, ist tot, wer dankt dir Treue, wirst du kommen, ich werfe dich mit Steinen, du rührst dich nicht, was ist denn das, was schaut es denn immer, ich habe Angst, ich werde wahnsinnig, ich bin mit einem irren Tier allein, das Tier liegt auf mir, liegt auf meiner Brust, es ist vielleicht auch schon tot, es soll verrecken, es soll liegen bleiben bis zum jüngsten Gericht, es soll – –

Ich laufe, ich renne schon, ich stürze über Äcker und reiße mich wieder hoch, mein Fuß schmerzt, wo ist der Weg, wenn ich ihn nun nicht finde, wenn ich die Nacht hierbleiben muss, zwischen Grauen und Tod, von drüben kommt noch das Winseln, es ist, als schreit ein Kind, ein Mensch schreit um Hilfe, die Toten schreien um Hilfe, die Toten wollen zum Licht, noch einmal ein entsetzlicher Laut, das Tier, es weiß ganz allein, was mit mir ist, es weiß alles, besser als ich, ich werde es nicht mehr sehen, es war sein letzter Schrei, es ist vielleicht auseinandergerissen, vielleicht sitzt nur seine Seele da drüben bei dem Leichnam und schreit, und es kommt doch noch gelaufen, hinter mir her, immer hinter mir her: Nein, ich will nicht, es soll da bleiben, es soll bei den Toten bleiben, es ist vielleicht selber tot, ich bin vielleicht selber tot, ein Gespenst, das zwischen Kreuzen kriecht, ein Mensch, ein Tier: Laufen, laufen, weg von hier, weg von mir, zu Menschen, Menschenaugen, Menschen, Grete, der Weg, weißer Kies, der Löwe aus Stein, es ist alles aus Stein, es ist alles tot, ich selber bin tot, jetzt die Kurve herum, jetzt geht es herab, die Stadt, Lichter, jetzt Stimmen, Klingeln, Musik, Häuser, eine Straße – ich bin gerettet. – –

Wie lange war ich weg, sind es Stunden, waren es Tage, liegt sie noch auf dem Sofa, schläft sie noch, ich hätte nicht fortgehen sollen, vielleicht hat sie auch nichts gemerkt, gewiss nicht, schläft immer noch, und ich bin da, ich halte leise ihre Hand, die Uhr tickt, sie öffnet die Augen, über ihre Lippen geht ein Lächeln, »ich habe lange geschlafen, hast du die ganze Zeit hier gesessen?« – »Ja«, werde ich dann lügen, »ja, es ist warm im Zimmer, ich habe deine Hand gehalten, ich habe immer gewartet, bis deine Augen aufgehen, vielleicht waren meine Gedanken einmal fort, es ist möglich, wenn man Stunden so sitzt, fällt einem mancherlei ein, aber doch warst du immer da, doch habe ich immer hier gesessen und deine Hand gehalten und deinen Schlaf bewacht, und nie werde ich weggehen, niemals, weil ich dich liebe, Grete, weil ich dich liebe.«

Nun bin ich an der Haustür, es war alles nur Spuk und wüster Traum, es ist alles gut, ich werde in ihren Augen ausruhen, ich werde lächeln lernen, rein und still wie sie, ich werde – ein Kind haben, mein Gott, habe ich das vergessen, ist es möglich, dass man das vergisst, wenn ihr nun etwas geschehen, niemand war bei ihr, wenn sie nun aufgestanden und hingefallen, oder irgendwer ist gekommen, irgendein Mensch über die Schwelle, ein Schicksal über die Schwelle – –: Ich bin mit einem Satz oben, ich reiße an der Klingel, sie zittert und schrillt, ich presse mein Ohr an die Tür, mir ist, als hörte ich Stimmen, Weiberschreien, erregtes Laufen, was ist denn das, kenne ich diese Stimme nicht, Grete, nein, ein Mann, die Scheibe, das Glas, jetzt trete ich es mit den Füßen ein, ich ziehe an der Klingel, dass sie reißt, macht denn niemand auf, ich schlage mit der Faust gegen die Tür, endlich kommen Schritte, langsam und schwer, der Riegel geht zurück, das waren doch Männerschritte, wo ist denn die Alte, die Tür öffnet sich, da steht – Borges, sein Gesicht ist weiß, sein Auge brennt mich höhnisch an, er steht mitten im Weg, aus dem Zimmer kreischt Bussys Stimme: »Wenn er *will*, lass ihn doch herein«, ich fasse ihn am Arm, ich begreife nichts, ich kann keinen Gedanken zusammenbringen, endlich sage ich wie abwesend:

»Warum stehen Sie denn hier, wie kommen Sie denn hierher, was wollen Sie denn, wo ist denn – Grete?«

»Drinnen.«

»So machen Sie doch den Weg frei«, keuche ich heraus, »wer erlaubt Ihnen denn –«

»Sie werden hier nicht hereinkommen, diese Frau gehört nun mir, ich werde sie vor – Verbrechern zu schützen wissen.«

Ich taumle zurück, ein eisiges Gefühl steigt in mir hoch, ich sehe ihn ganz ruhig an, wie etwas Fremdes, zum ersten Mal, meine Stimme bebt nur unmerklich, ich frage:

»Wo ist Grete, Sie gehen mich nichts an, ich kenne Sie nicht, wo ist Grete?«

»Drinnen«, wiederholt er, und die Schulter bebt wie im Krampf, »wir wissen alles, Bussy hat alles erzählt, Sie haben sie böswillig verlassen, Sie sind ein Meineidiger, Sie haben schändlich Ihre Arztpflicht verletzt, Sie sind ein Mörder, ich habe es damals geahnt, ich habe nach Material gesucht, Bussy liebt mich, sie hat mir alles gestanden, man wird mit Ihnen zu verfahren wissen.«

Meine Hand greift gegen seine Brust, er weicht einen Schritt zurück:

»Versuchen Sie nichts, es ist alles umsonst, ich habe mit Bussy nichts zu tun, ich habe ihr die Komödie meiner Liebe vorgespielt, um Sie zu entlarven, ich weiß jetzt alles, es genügt mir, ich habe es Grete gesagt, sie gehört mir, ich liebe nur sie, sie weiß alles, sie ist vor Erregung ohnmächtig, sie blutet, das Kind, sie will keine Verbrecher aufziehen, wenn sie stirbt, besser so, mit Mördern und Meineidigen hat sie nichts gemein.«

Habe ich geschrien, brach Blut aus meinen Augen, lag ein Hammer da, war es nur ein Brett, ich weiß nichts mehr, es war schwer in meiner Hand, meine Hand packte zu, schwang heiß und hoch in die Luft und krachte mitten in sein Gesicht, er stürzte auf die Diele, es war ein furchtbarer Fall, Blut floss, rann aus dem linken Auge, dem linken Ohr, ich trat mit dem Fuß darüber, ich bin an der Tür, ich presse sie auf mit einem Ruck, ich bin im Zimmer, Bussy steht angstbleich und schreit, was kümmert mich Bussy, auf dem Bett aber liegt sie, liegt Grete, ist sie tot, ihre Lippen sind weiß, ihre Augen starren stier und groß und weit aufgerissen auf mich, wohin schauen sie, was ist mit meiner Hand, ich lasse das Instrument fallen, ich habe es noch in der Hand, es kracht zur Erde, ich stürze neben ihrem Bett in die Knie, sie hebt mit letzter Kraft die bebende, durchsichtige Hand, sie wehrt sich, will mich zurückstoßen, nein, nein:

»Grete«, schreie ich außer mir, »es ist alles nicht wahr, ich kann nichts dafür, ich bin ja nicht ich, ich habe das ja nicht getan, ich bin kein Mörder, damals nicht, damals war es noch der andere, was geht das mich an, er soll es mit sich ausmachen, ich liebe nur dich, diesen mordete ich um dich, ich lasse dich nicht, du bist mein Weib, ich habe den Namen von ihm, ich mordete auch jetzt nur, weil ich seinen Namen habe, weil er ein Mörder ist, nicht ich, er ein Meineidiger, nicht ich, er ein Verbrecher, nicht ich, aber dich liebe ich, jenseits von allem, dich liebe ich, ich aus meinem Kern, aus meinem Wesen, aus meinem Innersten, stoß mich nicht zurück, verlass mich nicht, jetzt nicht, jetzt kennst du mein Geheimnis, ich habe nicht den Mut gehabt, es dir zu sagen, ich war feige, nun ist es zu spät, nun ist einer tot, es kam von selbst, ich bin unschuldig, was begreift solch eine Kreatur davon, aber du, du wirst es verstehen, du musst es verstehen, der Hund hat das gleich anfangs gewusst, frage doch das Tier, es hat das ganz allein begriffen, nun ist es auch tot, liegt irgendwo im Dunkeln, verzeiht mir auch, wird mich auch nicht hassen, aber du, du musst leben, ich habe schon so viel verloren, ich habe immer gewollt und gewollt, heraus aus mir, es ging nicht, es ist ungerecht, ich könnte schreien, warum ist der Offizier und jener reich und ich bin Proletarier, nein, ich bin beides, ich bin ein Gebildeter, ich bin Arzt, ich fordere mein Schicksal, ich fordere mein Glück, aber es ist voll Leid wie dies, voll Qual wie dies, es ist eines wie das andere, es lohnt sich nicht, was habe ich davon gehabt, man hat sein Leben, es ist gleich in welchem Rahmen, man nimmt es und lebt es herunter, *es sind doch immer nur die Stunden, immer nur ein Mensch*, Grete, ich lasse dich nicht, ich kann dich nicht lassen, jetzt nicht, niemals!«

Ihr Blut rann und rann, zwei Leben, die in einem versanken, ich war ja Arzt, hätte es vielleicht halten können, aber ich habe keine Kraft mehr gehabt, ich achtete nur auf jede ihrer Mienen, ob sie mich noch liebte, ob sie mir glaubte, ob sie mir verzieh, einmal zuckte ihre Hand zu mir hin, es schien mir plötzlich alles so bekannt, so war schon einmal eine Hand, so war ich schon einmal glücklich in einer Stunde, was sollte da noch kommen, das Gesicht wurde blasser und blasser, der Glanz ihres Auges sank und sank, dann kam ein ganz leises Zittern, dann war alles vorbei. Ich ging aus der Tür, ich drehte mich nicht mehr um, Bussy stand bleich daneben und wollte mich halten, wieder stand ein Weib neben einem Bett, aber es war mir fremd, ich erinnere mich kaum mehr ihrer Stimme – –

Hier bin ich nun, meine Herren Richter, tun Sie mit mir, was Sie wollen, es ist alles gleich, verlangen Sie, was Sie wollen, nur – den Namen, den Pass, ja, ich muss ihn bei mir haben, er ist hier in der Tasche, hier im Rock über dem Herzen, was wollen Sie damit, warum glauben Sie mir nicht, da ist er, da haben Sie ihn, es ist das Einzige, was ich noch zu verschenken habe, und es ist – was geschieht mit mir, was tue ich, ist mein Haar nicht weiß, wird meine Haut gelb, ich fühle mich so müde, ich kann mich nicht mehr aufrecht halten, es ist, als drückten Steine auf mir, eine Zentnerlast, ich kann ja nicht mehr atmen, es ist ja – Erde, ich atme ja Erde, ich liege ja unter der Erde, ich ersticke ja, helfen Sie mir doch, ich bin ja uralt, ich bin ja kein Mensch mehr, ich bin ja gar nicht hier, neben mir stehen Kreuze, Kreuze, die Erde ist schwarz, kommen noch Granaten, ich liege ja so lange schon – in der Erde, ich habe ja Frieden, ich habe ja Frieden.

1959 WAR Peter Flamm, der eigentlich Erich Mosse und nach seiner Ankunft in den Vereinigten Staaten amerikanisiert Eric P. Mosse hieß, nach Deutschland gekommen und hatte bei einem großen internationalen Kongress des PEN in Frankfurt am Main (Thema: »Schöne Literatur im Zeitalter der Wissenschaft«) einen Vortrag gehalten. Die Rückkehr in die alte Heimat setzte eine Beschäftigung mit der eigenen schriftstellerischen und jüdischen Vergangenheit in Gang und führte zu diesem sich selbst befragenden Rückblick.

RÜCKBLICK

WENN ICH mich recht erinnere, war es der immer etwas saure und moralistische Ibsen, der schrieb:

Leben heißt: Dunkler Gewalten Spuk bekämpfen in sich,

Dichten: Gerichtstag halten über das eigene Ich.

Ich sehe keine scharf profilierten Abgrenzungen in dieser Definition. Schriftsteller oder nicht, jeder ist verdammt – oder gesegnet –, die spukhaften Blasen, die aus den dunkel brodelnden Wassern seines Unbewussten steigen, zu bekämpfen. Freud hat das besser gesagt, kühler und nüchterner: Das kritische »Ich« steht im ewigen Kampf mit dem emotional-archaischen Erbe des »Es«. Es ist des Dichters Vorrecht, diesen Prozess zu registrieren. Es ist eine seelische Bestandsaufnahme, kein Gerichtstag. Der mittelalterliche Geruch von Schuld und Sühne ist in den literarischen Nasen des 19. Jahrhunderts haften geblieben. Es ist an der Zeit, an Desinfektion zu denken. Die Akten des Staatsanwalts und der ewige Staub der äußerlichen wie innerlichen Gerichtshöfe braucht ein besseres Lüftungssystem. Wir wollen uns umblicken können als Schriftsteller, nicht mehr aburteilen, anklagen und verfolgen. Die moralische Wertungsmaschinerie war einst erfunden ad majorem dei gloriam.

Aber der Gott sind wir nun selber. Es ist ein selbstzerstörender Morast, steril, anmaßend und lähmend. Als Schriftsteller springen wir aus all dem heraus. Wir versuchen sub specie aeternitatis auf das Planetensystem zu blicken. Wir und die Erde sind zufällig ein Teil davon. Müssen wir immer mit Wertungen leben?

Ein kurzes, periodisches Stehenbleiben und seelische Identifizierung im hektischen Marathonlauf scheinen heilsam und fruchtbar. Diese Pause wird der naiven Freude unserer Existenz nicht schaden, sondern sie vielleicht erhöhen. Die Frage nach dem »Warum« ist mehr als ein freundlicher Zeitvertreib. Wir spielen gern, aber der Reiz unserer Kindlichkeit muss der Tatsache weichen, dass wir die dramatischen Bronzetüren zum Paradies rein vegetativen Daseins unmutig hinter uns gelassen haben. Es hilft alles nichts: Wir müssen – wie jede Pflanze – aufwachsen.

Die Frage, warum ich nicht in der Deutschen Bundesrepublik lebe, ist nie ernsthaft zu den Zellen meiner Hirnrinde heraufgestiegen. Ich bin zu sehr eingefangen von der Gegenwart meines Daseins, wie es ist. Vielleicht ist das gut so. Vielleicht kann ich es mir nicht leisten, Hand in Hand mit der Vergangenheit zu leben. Dafür war sie zu schmerzhaft, und die Hand wurde zu leicht gelähmt. Ich vergesse, was ich vergessen will. Ich habe das eine konstruktive und gesunde Neurose genannt. Man kann nicht allen Ballast dauernd mit sich herumtragen. Man wirft über Bord, was stört – soweit das möglich ist. Noch einmal denn: je n'accuse personne! Psychiatrie hat mich gelehrt zu verstehen, nicht zu richten.

Gut also, für diese besondere Gelegenheit lasse ich mich mit meiner zuverlässigen Müllabfuhr verbinden und hole die verblassten Erlebnisfilme aus dem verschmutzenden Papierkasten. Ich lasse sie durch den Projektionsapparat meines Bewusstseins laufen – und hier sind sie:

Ich bin als Jude geboren, aber ich fühlte mich mehr deutsch als manche andere Deutsche. Ich sprach deutsch, ich schrieb deutsch, ich fühlte deutsch. Mein bewunderter Bruder fiel im Ersten Weltkrieg als bayerischer Leutnant vor Verdun. Er hatte sich an der Spitze seiner Kompanie für eine hoffnungslose Patrouille gemeldet, während keiner seiner Mitdeutschen mit ihm gehen wollte. In seiner Tasche fand man einen Brief mit der Zeile: »Wir wollen nicht umsonst unsere deutschen Klassiker gelesen haben.« Nein, es war nicht umsonst. Er fiel – für die deutsche Idee.

Mein Vater war der erste bedeutende jüdische Jurist, der Oberlandesgerichtsrat wurde. Seine Ernennung kostete dem Justizminister sein Amt. Mein Vater sollte ans Reichsgericht. Der neue Minister bekannte in zynischer Offenheit, dass er nicht Wert darauf lege, das Schicksal seines Vorgängers zu teilen. Aber wenn sich mein Vater taufen ließe …? »Gern«, gab der Herr Geheimrat zurück, »aber nur katholisch.« Der Minister verstand. Mein Vater wurde Ehrendoktor, ordentlicher Honorarprofessor an der Universität, Stadtrat und Stadtältester von Berlin. Es war ein gigantisches Pflaster mit vielen Schichtungen über einer Wunde, die ich nicht sehen wollte.

Mein Onkel gründete das »Berliner Tageblatt«. Es hatte nichts zu tun mit Judentum. Es war deutsche aufgeklärte Demokratie; kämpfte für Völkerverständigung und Frieden. Später, als ich größer wurde, arbeitete ich unter meinem Pseudonym (Peter Flamm) hier und für Ullstein und alle großen demokratischen Zeitungen und Zeitschriften. Der Schatten über meiner Kindheit hatte sich verflogen. Ein adliger junger Herr und Mitschüler in meinem Gymnasium nannte mich einst »Judenjunge«. Ich schlug ihm in sein weißes, teigiges Gesicht, aber ich bin gewiss, dass diese erzieherische Auszeichnung ihn nicht zurückgehalten hat, später Obergruppenführer oder so etwas Ähnliches in der Nazihierarchie zu werden. Mich selber hat das nicht weiter angerührt. Ich war der Beste im deutschen Aufsatz und im christlichen Religionsunterricht. Später arbeitete ich als Arzt, und meine Patienten waren meine Freunde. Ich veröffentlichte vier Romane, und meine Leser und sogar einige Kritiker mochten sie. Ich war anderer Meinung und fragte meinen Freund Max Scheler, wie man lernen kann, in welcher Weise das menschliche Uhrwerk tickt. Er sagte: Lies Freud. Ich las Freud. Mein Freund hatte recht: Man muss etwas über seelische Röntgenbilder wissen, bevor man andere Bilder malen kann. So geriet ich in die Psychiatrie und Psychoanalyse. Es half mir selbst, und ich half anderen. Ich schrieb weiter. Für die Bühne mehrere Theaterstücke, die an einem halben Dutzend deutscher Bühnen aufgeführt wurden. Ich wurde Dramaturg in Frankfurt und Hamburg und Berlin und Regisseur in Kassel. Ich sprach und debattierte und trompetete die Sendungen meines Herzens und Hirns über alle deutschen Sender. Bis der Morgen kam, wo an einem Tage alles abbrach. Wo der Tod hart neben mir stand und wo ich ohne Geld, Heimat, Freunde und Sprache als ein Geschlagener und Gedemütigter mich aus Deutschland durch Hintertüren hinausschleichen musste. Ich war ein Preuße, kennt ihr meine Farben?

Ausblenden. Ende des ersten Teils. Meine Damen und Herren, bitte verlassen Sie nicht Ihre Sitze. Diese Pause ist mit Notwendigkeit nur eine kurze. Wenn Sie hinausgehen und sich erkälten wollen, ich schmeichle mir nicht, Sie erwärmen zu können. Hier ist, Sie in der Zwischenzeit zu unterhalten, der Conférencier. Die Amerikaner nennen ihn »commentator«. Er hat kurz dies zu sagen: »Ich war ein Preuße, kennt ihr meine Farben?« Aber das wissen wir ja nun, und warum etwas wiederholen, wenn es doch nicht verstanden wird – nicht verstanden sein wollte. Besser gehen wir gleich zum zweiten Teil über. Ich habe vorausgesagt, die Pause würde nur kurz sein. Ich habe so viel vorausgesagt, aber wie viele haben Ohren, zu hören?

Aufblenden. Dies ist die Stimme Amerikas. Dies ist der Empfang im freien Amerika. Dies ist die unerwartete Großzügigkeit. Die Opferbereitschaft und Nächstenwärme. Dies ist das wirklichkeitskalte Dollarland, wo alles rennt, alles gleich ins Gigantische hochgeschraubt ist. Wo Technik mit Stahl, Glas, Zement und Elektronik doch nicht die schweigenden Stimmen gläubiger Irrationalität ersticken kann. Hier sind die Wolkenkratzer und die soziale Krätze. Es ist die gleiche Besessenheit hinter beiden. Der gleiche zwanghafte, bis ins Utopische reichende Drang einer grenzenlosen Motilität, die ebenso gut architektonisch in den Himmel greift, wie – in einem schwindelnden Tempo – sozial und ethisch alle Krätze der Welt in einem Ansturm zu beseitigen sucht. Es ist das Leben selbst in allen Schattierungen und Gegensätzen. Hart, unsentimental, materialistisch – und doch durchaus nicht kalt. Berechnend – und doch naiv. Oft kleinbürgerlich – und doch mit einem zustoßenden Idealismus, der bis ans Quijotische grenzt.

In New York sind die United Nations. Sie hausen in einem Glashaus. Sehr hoch und luftig. Und wehe, wer hier mit Steinen schmeißt! Über die Stadt verteilen sich ihre kulinarischen Vertreter, nicht weniger schmackhaft, und oft genauso wenig bekömmlich wie die im Glashaus sitzen: russisch, skandinavisch, italienisch, französisch, chinesisch, japanisch und javanisch – und dein Magen ist dein Schlachtfeld.

All das ist meine Welt. Ich gehe durch die nackten Straßen und die angezogenen Parks. Ich gehe zum Hafen, und da liegen die Riesenleiber der Dampfer, die mich hergebracht über die See und die mich jeden Sommer wieder zurückbringen; für kurze Zeit. Ich stehe vor den Auslagen in der Fifth Avenue, und meine Augen kaufen alles, was meine Frau und mein Kind gern hätten. Mein Kind ist schön und voll von Lachen. Ich habe es, noch nicht einmal geboren, aus dem deutschen Moralzusammenbruch gerettet, und nun geht es mit mir durch die Straßen von New York, durch die Parks, wo die Eichhörnchen einem über den Weg laufen. Es hat seinen Arm unter meinen gehakt, und es besitzt den seltenen Ring, vor Gott und Menschen angenehm zu machen. Es hat einen amerikanischen Mann, der aussieht, als ob er von Albrecht Dürer gezeichnet wäre, und es spricht neben seinem literarischen Englisch eine Sprache, die klingt fast wie Deutsch, aber es ist eher eine Art Mittelhochdeutsch. (Es sagt zu mir: »mein sueßer Bursche!«) Es ist voll von eigensinnig-schöpferischen Ideen, nicht nur für ihren Verlag – und ihr freudvolles Glück schreit gen Himmel. Und das, wie könnte es anders sein, ist mein Glück.

Meine Frau sitzt mit mir in einer Wohnung hoch über dem Park. Sie ging mit mir durch alles Elend und allen Triumph. Wir blicken aus jedem Fenster ins Freie. Es ist wie in einem schönen, bequemen Leuchtturm. Nur ist unten kein Ozean, sondern das Grün. Im Herbst wird es rot, purpurn, orange und zitronengelb, und dahinter steht die graue und blaue Silhouette der hohen Häuser. Abends stehen sie schwarz vor dem flammenden Untergang, und dann kommen die tausend Lichter und ein blutender Mond mit einem schnarrenden Flugzeug darunter, das von Deutschland kommt oder von irgendeinem anderen Punkt der Erde. Magie starrt dich an von allen Seiten – in dieser realsten Stadt aller Städte.

So ist es mit allem andern. Ein Mann hat einen Traum, all die zerkrümelnden, kranken Elendhäuser herunterzureißen und an ihre Stelle ein gigantisches Kulturzentrum zu setzen: moderne Bauten mit Bäumen und Pflanzen herum, für Theater und Musik, für Tanz und Wissenschaft – eine ganze Universität soll dazu gebaut werden. Sie wird gebaut, das Geld ist noch nicht alles beisammen, aber in kurzem wird es da sein: Washington und der Staat von New York und die Stadt New York, und alle ihre Bürger, die es sich leisten können, werfen ihre Dollars zusammen, und in zwei Jahren steht da die größte Konzentration von Kunst, Wissenschaft und Schönheit, von Lehrinstituten und Experimentalbühnen, von Opern- und Konzertbauten, wie keine Welt es je gesehen.

All das ist meine Welt. Ich bin mit meinen Freunden und meinen Feinden, und ich will sie nimmer aufgeben. Ich kam mit nichts hierher. Ich verlor alles in jener einen Stunde – und ich schaffte mir selbst aus eigener Kraft alles neu. Ich dachte: ›do or die‹. Ich entschied mich für leben, dies Leben. Die klare Fülle dieser neuen Sprache ist nun meine Sprache, mein neuer Reichtum. Ich war nicht damit geboren, und – leider – ich brauche immer noch einen, der sie mir zurechtstutzt. Ich sitze zwischen zwei Stühlen und zwei Kontinenten. Ich bin nicht gebrochen unter dieser Last. Mein Horizont ist weiter und klarer. Ich bin stärker geworden – und dankbarer.

Ausblenden. Es wäre noch so viel zu sagen, aber es ist nun genug. Wir brauchen keinen neuen Film. Hier ist wieder der Conférencier. Er wünscht noch eine Kleinigkeit hinzuzufügen:

Nach all dem kam ich ein paarmal nach Deutschland zurück – als Amerikaner. Ich nahm teil am Internationalen PEN-Club-Kongress in Frankfurt und hielt meine kurze Ansprache auf Englisch. Meine Freunde fuhren mich ungnädig an. War ich nicht ein deutscher Dichter? Ja, aber auch ein Mitglied der amerikanischen Delegation. Nachdenklich betrachtete ich die Ruine der Berliner Wilhelm-Gedächtnis-Kirche. Ich dachte, warum muss man diesen alten Willy verewigen, da es nun bessere neue gibt? Ich hörte von dem Streit, was von neuer Architektur hinzuzufügen war. Vielleicht drei Eingänge und drei Flügel, fiel mir ein: einer mit katholischer, einer mit evangelischer und einer mit jüdischer Architektur. Solche Stilmischungen bewundern wir in unseren mittelalterlichen Kathedralen. Ihre harmonische Zusammenfassung wäre ein großes Symbol gewesen, würdig einer neuen Zeit und eines neuen Geistes – wenn er wirklich vorhanden ist.

Ich besuchte die anderen Ruinen: die menschlichen neben den andern. Der Stil ihres »Aufbaus« war nicht immer nach meinem Geschmack. Ich bewunderte die Stehaufmännchenkräfte, die konstruktive Zielsetzung, den ehrlichen Widerstand gegen neue Bewaffnung. Aber ich bemerkte mit Entsetzen, dass ehemalige Nazis in höchsten Machtstellungen saßen; dass neben einer anklagenden, sensitiven, begabten und gutwilligen Jugend immer noch ein rücksichtsloses, arrogantes und lautes Benehmen diese Entwicklung zu blockieren sucht. Ich war angerührt von dem Geschmack, dem Können und der schöpferischen Geistigkeit einer Theaterkultur, die ich nicht fähig war mit dem früheren Kulturrückschlag zu vereinen. Und ich konnte die Geste jenes Mannes nicht vergessen, der seine Arme um mich schlang, weil ihn meine Radiosendung »so sehr erschüttert« hatte. Ich schätzte seine Bewegtheit, aber während sein Körper zu nah dem meinen war, konnte ich mir den Gedanken nicht wegschütteln: Und wen hast du umgebracht?

Ich wollte das alles nicht sagen. Ich bemühe mich, das Licht zu sehen neben dem Schatten. Jedes Licht wirft seinen Schatten. Ich spreche und schreibe dies mit einer Art inbrünstiger Scham. Noch immer will die alte Liebe nicht sterben: die Liebe zur deutschen Landschaft und Sprache. Zu einer Kultur der Vergangenheit, die meine Gegenwart geblieben ist. Zu einem Leben, das sich verbunden fühlte mit Freunden, die ich bewunderte und schätzte. Manchmal gehe ich in New York in eine der deutschen Gaststätten. Ich lache über das Spießertum, über den Lärm und das Bier und die köstlichen Bratwürste. Und ich lache über mich selbst. Über eine lächerliche Wehmut und eine kleine sentimentale Traurigkeit. Dann gehe ich wieder durch diese nächtlichen Straßen und diesen Lärm voller Wunder, und ich sage jedem Stern gute Nacht. Gehn wir nach Hause! Aber wo ist das? You can't go home again.

Doch, ich habe es auch gehört, ich habe es auch gehört

NACHWORT ZU PETER FLAMMS ROMAN *»ICH?«*

von Senthuran Varatharajah

DER MUND

Ich möchte reden, wenn ich doch reden könnte, alles dieser Hand sagen

DER MUND. Der Strich. Das Glas. Der Nabel. Nicht ich; nicht ich. *Nicht ich, sondern ein anderer.* Die Erde vor Verdun: muss schwarz gewesen sein. Nach den Granaten und dem Ende des Lärms, nachdem die Maschinen auch den Körper widerlegt hatten und das Blut vom Boden nicht mehr zu unterscheiden war, wendet sich ein verspäteter Mensch an seine Richter, ein Toter: ist wiederauferstanden. Ein Toter: *spricht aus meinem Mund.* Sein Gesicht: ist ein anderes geworden. Seinen Namen: ließ er im Krieg zurück. Sein Leben: gehört der Vernichtung, der er nicht entkam. Ihre Mitte: hat das erste Wort. *Sie können das nicht verstehn. Sie glauben, das muss doch ein Lebender sein, das ist doch ein Mensch, der da redet – oder ein Irrsinniger. Ich bin nicht irrsinnig, ich weiß nicht. Aber ich liege seit zehn Jahren in der Erde, meine Glieder sind verfault, meine Knochen graues Pulver, mein Atem – ich habe keinen Atem mehr. Es ist alles stumm. Es ist alles vorbei.* Er stürzt: durch zerbrochene Spiegel, aus dem Rand der eigenen Gattung, in das Zittern der Sprache hinein. Mit einer Hand, *über den Körper, über Schmutz, über klebriges Blut,* wendete er die Schwerkraft. Er fiel: von unten nach oben. Das Tuch, das ihn aus der Falte seines halbierten Namens rief, legte er dort ab. Den Stern: hatte er in dieser Nacht in einer Brusttasche gefunden. Der Mond über ihm: zeigte dem Erzähler seine Gestalt. Ein Mensch, der nicht starb, ist deshalb nicht am Leben. Hier: werden Kreuze stehen. Mit einer programmatischen Negation, die in den ersten beiden Sätzen sechsmal wiederholt wird, lässt der Schriftsteller und Psychiater Erich Mosse unter dem Pseudonym Peter Flamm seinen Roman beginnen; mit einer rätselhaften Verteidigungsrede, unverständlich, und hilflos wie die Nacht, aus der sie kam, nachdem alles bereits verloren war; nicht einmal, aber in zweifacher Hinsicht: *Nicht ich, meine Herren Richter, ein Toter spricht aus meinem Mund. Nicht ich stehe hier, nicht mein Arm, der sich hebt, nicht mein Haar, das weiß geworden, nicht meine Tat, nicht meine Tat.* Er fängt mit sechs Negationen an: mit dem verzweifelten Insistieren auf eine Verneinung, in deren kurzem, aber tiefer werdenden Schatten der Verneinte, als sich selbst Verneinender, nicht nur semantisch, sondern auch syntaktisch steht; mit jemandem, der beteuert, jemand anderes zu sein; mit einem ich, das nicht ich geworden war. Der Roman geht von einem doppelten Ende aus: vom ersten Tag nach dem Ende des Ersten Weltkrieges sowie vom erschöpften Ende der Ereignisse, die noch erzählt werden müssen. Er ordnet die Sprache: nach dem Maß der Vernichtung, die ihr vorausging und die der Erzähler in der Einsamkeit der wörtlichen Rede, die folgt, nachholen wird. Der Mund ist eine verwundbare Stelle. Durch ihn spricht ein Mensch, der sich selbst annulliert; ein Mensch, der sich auch in den Sätzen nicht ertragen kann: sechsmal Nichts; dann das Personal- und Possessivpronomen. Das Fragezeichen im Titel weist darauf hin: ein Mann wurde erschüttert. Ein Überlebender: kehrt als Toter zurück. Mit einer Handbewegung: ist der Bäcker Wilhelm Bettuch zum Arzt Hans Stern geworden. Mosse erzählt davon, unter einem anderen, gleichlangen Namen: auch als ein anderer; als ein Mann, der fast brennt; als Flamm: von einer Wunde, aus der zwei Stimmen sprechen. *Wie soll ich das erzählen, mit einer Zunge, die nicht meine, in einem Mund, der nicht meiner?*

DER STRICH

Hätte ich ihren Leichnam wirklich gefunden, ich hätte ihn vielleicht mit Rosen bekränzt

EIN MANN bekennt sich; er weint aus seinem Mund. Der Name, den er unter den Toten fand, trägt er in seiner Brusttasche: wie ein zugefallenes Versprechen, das er jetzt halten muss; wie ein nachgereichtes Herz, aus Seiten und dem dünneren Papier. Den Namen: hatte sich seine Hand gegeben. Das *kleine graue Heft*: zieht ihn in eine andere Richtung; in eine andere Stadt; dorthin, wo er noch nie war, aber gewesen sein wird. Bettuch sitzt im Zug. In Frankfurt wartet seine Mutter, seine Schwester: hört nicht auf, auf ihn zu warten. Ein anderer Stern wird nach Hause kommen, bis zur Kenntlichkeit entstellt. Der Roman erzählt die Tränen dieses Geständnisses. Bettuch fährt nach Berlin. *Der Pass, der Name des andern, der Name hat das andere nachgezogen (…), unlösbar Gesicht und Name, und nun bin ich der andere und muss seinen Tod zu Ende leben, sein Leben während er draußen liegt unter der Erde im Schlamm, und gehe ein in sein Leben wie in einen Rahmen, aber ich weiß alles, ich stehe wie ein Zuschauer dahinter, ich bin trotzdem ich selbst und schaue mir zu, der ich der andere bin und doch ich, ein Mensch hinter seinem Bilde.* Er spricht um sein Leben, im doppelten Sinn: um sein Leben herum und um sein Leben zu retten. Flamm beschreibt diese Szene wie die anderen auch: wie einen Traum; wie eine *Überwältigung*; wie einen *Wahn.* Der Roman folgt ihrem Gesetz; den Trümmern eines Menschen, den sie sich wie eine Familie teilen. Betttuch ist das zerstörte Objekt seiner Erfahrung geworden: ein Mann, dem ein Leben zufiel; ein Erzähler, dem ein Leben widerfährt. Die Bilder des Schmerzes lösen sich ab: geräuschlos und mit einer unbestechlichen Konsequenz, bis in die äußerste Stille der Sekunden hinein, dort, wo es nicht mehr weh tut: *vielleicht ist es nur das erregte Blut in meinem Ohr, oder die Granaten aus der Schlacht, vielleicht bin ich auch tot und träume das nur, es kratzt jemand an meinem Sarg, es ist immer noch Krieg, splitternde Mauern, Mörtel und Lehm, ich will die Tür wieder schließen* (...). Diese Bilder: bleiben nicht allein. Kein Bild: steht nur für sich selbst. Bettuch: darf bei ihnen nicht stehen bleiben. Flamm überblendet sie: sie gehen ineinander über; sie verdrängen sich; sie sprechen sich aus. Ein verzögertes Wort, plötzlich, und fast wie eine Erinnerung, ein Wort: nach dem anderen. Der Rhythmus zerschneidet die Zeit. Nur ein Mensch: kann diese Bilder ertragen. Bettuch erzählt hypotaktisch. Er stürzt durch die Interpunktionen. Die Sätze: biegen ihn. Die Sätze müssen ihn aus der schwarzen Erde holen. Die Entfernung zum Satzanfang: wird in den Sätzen größer. Der Anfang aber: findet immer zurück. Kein Gott wird Bettuch helfen. Ein Mensch: steht hinter den Bildern. *Gott, der am Kreuz hängt, der die Sünden der Welt trägt: eine Woge hat mich erfasst und trägt einen fort, lässt mich nicht mehr los, man kann nicht mehr zurück, man kann nichts ungeschehen machen, die Küste entschwindet, hinaus aufs schwindelnde Meer, ohne Halten – es flammt mir vor den Augen.* Der Strich: kommt aus der Atemnot der Stimme, wie ein verlassener Horizont; der Mund unterbricht sich; er bricht ab. Er streicht die Wörter, die Bettuch nicht sagen kann: bis sie sich selbst verraten. Im Strich äußert sich die unverfügbare Absicht des Schweigens, in die Flamm langsam den Sinn lenkt, zwei Lippen, versiegelt für weniger als einen Augenblick. Die Wörter aber: müssen weitersprechen. Nur in einem Traum: gehört ein Wort sich selbst. Das ist kein Trost.

DAS GLAS

Aber innen ist eine dunkle Höhle, da sind wir drin und können uns niemals sehen

IN BERLIN: hält eine Mutter Bettuch für ihren Sohn. Eine Frau: glaubt, ihr Mann sei zurückgekehrt. Jeder Name: verändert den Sinn, die unsichere Ordnung des Körpers, der auf ihn hören wird, das langsame Zögern der Hände wie die Trauer eines beschädigten Gesichts, auf die er sich berufen kann, bis in das älteste Geheimnis der Muskeln hinein; dort, wo sie reißen können, und *der schmalen blauen Adern*, die der Krieg bespricht. Ein Name: sagt, was er bedeutet. Ein Name: verwandelt das Fleisch. In diese paradoxe Lage hatte Bettuch sich gebracht. Er wusste nicht, worauf er sich einließ. Er kannte die Bilder wie den Schatten eines Schattens, aber die Vehemenz des Namens kannte er nicht: nicht sein Wille geschehe, sondern der andere. [*E*]*in anderer ist der Arzt, und ich erleide alles, alles geht über mich weg, während ich doch auf der Welle schwimmen will, auf dem Ozean ganz frei, ganz frei* – Der Strich setzt die Rede außer Kraft: an den Stellen, die er sich sucht; an den Stellen, die er für richtig hält. Die Sprache scheitert im Menschen. Die Wörter beißen in den Rachen. Ein Komma: ist ein Mal auf der Stirn. Das ist die Würde der Verzweiflung: zwei Stimmen verneinen sich in einen Mund. Mit einem limitierten Register unauffälliger Motive erzählt Flamm vom Fall eines Menschen, der bereits zerfiel: um weiterzerfallen zu können. Das Glas gehört zu diesen Motiven. Das Glas verbindet die Dinge, die es trennt, aber anders; es operiert anders als der Strich: der Strich bricht den

Satz. Das Glas: zerbricht nicht von selbst. [*W*]*ieder fühle ich eine Glasscheibe vor meinen Augen, man sollte sie zerschlagen, aber man kann nicht hindurch, kann nicht hindurch – Es geht schon weiter, man hat gar keine Zeit zum Nachdenken, es ist wie ein Bilderbuch* (…). Das Glas ist nicht nur die technische Materialisierung einer symbolischen Grenze, sondern eine soziale Kategorie; es steht zwischen ihren Namen; das Glas definiert die Entfernung, die es sichtbar macht. Bettuch zerfällt: er stürzt, von unten nach oben. Sein Name: ist ein Gebrauchsgegenstand; der Stoff, auf dem man liegt. *Ist das ein Name? Name eines Menschen? Bettuch?* (…) *Komm, wir klopfen dich aus! Du bist ja ganz schmutzig!* (…) [*I*]*ch wollte ja nur heraus aus dem Dreck,* (…) *ich habe schon so viel verloren, ich habe immer gewollt und gewollt, heraus aus mir, es ging nicht, es ist ungerecht, ich könnte schreien, warum ist* (…) *jener reich und ich bin Proletarier, nein, ich bin beides* (…). In einer Szene: spricht Stern zu ihm, aus beiden Richtungen; aus der leisesten Gegend, aus der sein Name gekommen war, wie aus dem zuverlässigen Geräusch in seinem Brustkorb. Bettuch und Grete: besuchen ein Observatorium. Als er durch das Fernrohr sieht, in die Demut und Gnade der Nacht, bis in das Innenmaß der ausgeschnittenen Dunkelheit über ihm, kann er Stern hören, wie ein Echo; mit Verzögerung: *kommt eine Stimme von draußen, aus dem weiten, leeren Weltraum, eine einsame, jammernde Seele, die klagt, die mich ruft und keine Ruhe findet. Entsetzen fasst mich, es ist grauenhaft, da aus der Kälte, mein Herz krampft sich zusammen, ein eisiges Gefühl stockt in den Adern, vielleicht höre ich es nur in mir, aber nun ist es ein deutliches, herzzerbrechendes Weinen, wie bei einem Kind, ein Toter, der weint, ich selber, der weint, es flimmert mir vor Augen, eine* (…) *Scheibe zittert im Glas*. Diese Haut: kann zwei Namen kaum halten. Wohin Bettuch auch flieht: Er flieht darauf zu. Vor sich selbst: gibt es kein Entkommen.

DER NABEL

Wie still es in den Bäumen ist, es ist wohl spät, was ist denn Zeit, es gibt gar keine Zeit

FLAMM LÄSST Bettuch in der Sprache der Verzweiflung sprechen, in deren Mitte sich eine Zahl verbirgt: ruhelos, und abrupt. Vor Verdun: sind zwei Männer gestorben. In Frankfurt und Berlin: sterben zwei Mütter. Zwei Familien: zerstört dieser Roman im Krieg. Auch nach seinem formalen Ende bleibt niemand von ihm verschont; weder die, die ihn sehen mussten, noch die, die warten. Bettuchs Schwester: wird ihren Bruder nicht wiedererkennen. Die Erde, die schwarz ist und aus Blut, dauert an. Das Ende eines Krieges: ist nicht das Ende der Vernichtung. Hier: stehen Kreuze. Flamm erzählt davon: bis zuletzt. In diesem Roman kann es keine Kapitel geben. Er besteht aus Bettuchs bestürzender wörtlicher Rede und aus der wörtlichen Rede der anderen, die beide ihrem Prinzip nach wiederholte, wiederherholende Reden sind: Der Roman ist die verzweifelte Verteidigungsrede eines verlassenen Mannes, der vor seinen Richtern spricht und der im Präsens erzählt, was er nicht versteht, als wäre keine Zeit vergangen; als wäre nichts geschehen; als würden die Sätze nur eine formende Zeit kennen, nur diese eine imaginierende Permanenz, nachdem alles bereits verloren war; nicht einmal, sondern in zweifacher Hinsicht. Bettuch: will verzweifelt nicht er sein, und verzweifelter jemand anderes. Der Stern, den er gefunden hatte und der ihn erlösen muss, von der Armut seines Namens und von sich selbst, war kein Stern der Erlösung, sondern ein entfernter Spiegel in einem Stern. Der

Tod konstituiert Bettuchs Sprechen. Er ist das Objekt, und Subjekt, der einsame Gott seiner Sprache: der Konstituierte und der Konstituierende; die Konstitution. *Hier hat die Welt gebrannt, hier sind Millionen verkohlt und verblutet, hier liegen unsere Brüder, hier liegt Europa, hier liegt die Menschheit, hier bin ich, hier liege ich, hier liegt mein Leben, hier sind Gräber, Gräber, Gräber, Kreuz neben Kreuz, Erde neben Erde,* (…) *wer ist dieser Gott, der unser Leben biegt – gegen uns* (…). Der Mund: weint nur in Wörtern. Der Strich: hält seinen Atem an. Das Glas: ist eine *Wand*; bis zum Ende, bis Bettuch sie zerbricht; zweimal, und an zwei verschiedenen Stellen. Das erste Mal als Wunsch, das letzte Mal als dessen zu späte Erfüllung: *ich zerschlage die Scheibe, ich zertrete das Glas, das zwischen ihm ist und mir* (…), *jetzt trete ich es mit den Füßen ein* (…). Das Glas: ist auch im Spiegel. In ihm sieht Bettuch sich spiegelverkehrt; als ein Mensch, ohne Abbild; als ein Toter, vor einem Bild: *niemand, es ist niemand im Zimmer außer mir, ich bin ganz allein, ich bin einsam, grauenhaft allein, ich taste meinen Körper entlang, Arme, Gesicht, eine Hand streift über die andere: Ich, ich, ich, ein anderer ist ich, ich bin der andere, der Tote, der nun lebt, Gesicht, Körper ein anderer, Muskeln, Fleisch, Därme, Gehirn und Seele.* Bettuch rekonstruiert die Ereignisse, die ihn erzählen und die er im Erzählen wiedererlebt, so, wie ein traumatisierter Mensch sich erinnert: allein; ohne den Trost der Gattung. In einer Szene liegt er neben Grete im Bett; sie sieht, was ihm fehlt. Er sagt, wie er sich selbst sieht: [*i*]*ch habe keinen Nabel, ich habe keine Mutter, ich habe kein Kind, ich bin nicht eingereiht in die Kette, die durchgeht durch alle Leiber vom ersten zum letzten Menschen. Aus keinem Schoß geboren, Körper und doch keiner, ich und doch ein anderer, ein Name, ein Schicksal und doch kein Mensch.* Zwei Tote teilen sich einen Mund. Ich? Nicht ich; nicht ich. Nicht ich. Und auch kein anderer.

INHALT